Comment
on meurt

ÉTONNANTS • CLASSIQUES

ZOLA

Comment on meurt

*Présentation, notes et dossier
par* Fabien Clavel,
professeur de lettres

GF Flammarion

Zola
dans la même collection

L'Attaque du moulin. Les Quatre Journées de Jean Gourdon
Germinal
Jacques Damour
Thérèse Raquin
HUYSMANS, MAUPASSANT, ZOLA, *Trois nouvelles naturalistes*

© Éditions Flammarion, 2011.
ISBN : 978-2-0812-3905-0
ISSN : 1269-8822

SOMMAIRE

Comment on meurt

■ Émile Zola à son bureau, photographie de Paul Nadar, XIXᵉ siècle, BNF.

Vie et œuvre de Zola

Zola l'intellectuel[1]

Enfance et adolescence

Zola naît le 2 avril 1840 à Paris. Son père, François Zola, est un bourgeois aisé, un ingénieur d'origine italienne. C'est en raison de son travail que toute la famille doit déménager pour Aix-en-Provence en 1843 : en effet, le père de Zola doit y construire un canal destiné à alimenter la ville en eau. C'est lui qui a conçu le projet et l'a proposé à la ville en 1837.

Cependant François Zola meurt au début des travaux, en mars 1847. Il a dû s'endetter pour mener à bien ses projets et sa femme doit rembourser des sommes colossales. Zola se souviendra plus tard de son père comme d'un homme passionné et entreprenant. Un de ses tout premiers poèmes s'intitulera d'ailleurs « Le Canal Zola ».

La situation est donc très difficile pour Émilie Zola, la jeune veuve, et son fils, malgré l'aide des grands-parents maternels venus vivre avec eux. Zola entre au collège Bourbon d'Aix-en-Provence en 1852 grâce à une bourse. Il y rencontre le futur peintre Paul Cézanne qui restera son ami très longtemps.

---

1. *Intellectuel* : le mot, dans son sens moderne, date de la fin du XIXᵉ siècle. Il a été employé de façon négative contre Zola, à qui l'on reprochait son engagement.

À travers les romantiques, Zola découvre la poésie et écrit des vers.

En 1857, pour poursuivre en justice les anciens associés de son mari à qui elle réclame de l'argent, Émilie Zola monte à Paris, bientôt rejointe par son fils qui entre en seconde en tant que boursier au lycée Saint-Louis. Ils connaissent dans la capitale une pauvreté éprouvante et doivent sans cesse changer de logis. En 1859, alors qu'il avait été excellent élève, Zola échoue aux deux sessions du baccalauréat. Il décide alors d'arrêter ses études et de chercher un travail pour ne plus être à la charge de sa mère.

D'abord employé aux docks, Zola vit une période de misère. Il se lie avec des peintres venus d'Aix-en-Provence. Il lit et écrit beaucoup, surtout des contes de fées et des poèmes.

Les débuts littéraires

En mars 1862, Zola est employé à la librairie Hachette et passe rapidement chef de la publicité. Dans cette maison spécialisée dans les publications scolaires, il découvre l'importance de l'enseignement. Il rencontre des auteurs de la maison, comme Taine, et se nourrit au contact d'idées positivistes[1], anticléricales[2] et libérales[3]. Cette stabilité professionnelle lui permet de publier ses premiers contes et son premier roman, *La Confession de Claude*. Il se lance également

---

1. *Positivisme* : courant de pensée dérivé des réflexions d'Auguste Comte (1798-1857) et selon lequel la science est vouée à remplacer les croyances religieuses.

2. *Anticléricalisme* : idéologie selon laquelle les autorités religieuses ne doivent pas intervenir dans la vie publique.

3. *Libéralisme* : courant de pensée né au siècle des Lumières selon lequel chaque être humain possède des droits fondamentaux qu'aucun pouvoir n'a le droit de bafouer. De nos jours, le terme désigne le libéralisme économique plutôt que politique.

dans le journalisme et fréquente de nombreux peintres, grâce à Cézanne.

Dès 1866, Zola quitte son emploi chez Hachette pour vivre de sa plume. Il habite à cette époque avec Gabrielle Alexandrine Meley, qu'il épousera en 1870. Il publie des recueils d'articles de critique littéraire (*Mes haines*) et le compte rendu de Salons de peinture (*Mon Salon*) où il défend Manet et ses amis contre ceux qui critiquent son style et les sujets de ses tableaux, jugés scandaleux. En tant qu'auteur, il partage son temps entre *Les Mystères de Marseille*, le matin, un roman-feuilleton destiné à lui faire gagner de l'argent et, l'après-midi, son nouveau roman, *Thérèse Raquin*.

Dans ses articles, il prend des positions très critiques envers le régime de Napoléon III, en défendant des idées républicaines. Il s'installe à Marseille en 1870 avec sa femme et sa mère, mais rentre à Paris l'année suivante.

Le grand œuvre

L'année 1872 marque un tournant dans la carrière de Zola : il signe un contrat avec un éditeur qui lui verse 500 francs par mois. Il peut alors publier un roman par an et poursuivre son cycle des *Rougon-Macquart* (dont le sous-titre est *Histoire naturelle et sociale d'une famille sous le Second Empire*), entamé l'année précédente avec *La Fortune des Rougon*. Zola a eu l'idée de ce cycle romanesque en 1867-1868, après avoir relu Balzac. En outre, il continue ses collaborations avec divers journaux. Il s'essaie également au théâtre, notamment en adaptant *Thérèse Raquin* en drame, mais le succès n'est pas au rendez-vous.

Zola se fait de nouveaux amis, tels Flaubert, les Goncourt et Tourgueniev. Son roman *L'Assommoir* (1877) est un énorme succès qui attire l'attention de jeunes auteurs. Ces derniers se réunissent autour de lui, souvent dans sa propriété de Médan, acquise en 1878. Deux ans plus tard, il publie *Les Soirées de Médan*, recueil de nouvelles collectif sur le thème de la guerre de 1870. Parmi les contributeurs, on compte en particulier Huysmans et Maupassant, ainsi que Henry Céard, Paul Alexis, Léon Hennique et Zola lui-même.

En dépit de cette réussite incontestable, il connaît quelques chagrins et déconvenues. Son ami Flaubert et sa propre mère meurent en 1880, à quelques mois d'intervalle. Le groupe des *Soirées de Médan* se disperse. Son roman *La Terre* est attaqué par cinq jeunes romanciers qui publient un violent pamphlet.

En 1888, Zola tombe amoureux de Jeanne Rozerot, la lingère de la maison. Alors qu'il n'avait pu avoir d'enfant avec sa femme, sa maîtresse accouche en 1889 d'une fille, Denise, et, en 1891, d'un garçon, Jacques. Une nouvelle vie commence pour l'écrivain qui partage son temps entre son épouse légitime et sa maîtresse officielle. D'abord blessée et furieuse quand elle apprend la liaison de son époux, Alexandrine Zola s'apaise lentement, renonce au divorce et finit même par accepter de s'occuper des enfants de Jeanne. Après la mort de Zola, c'est encore elle qui effectuera les démarches pour qu'ils portent le nom de leur père.

Une figure de l'engagement

Fin 1894, « l'affaire Dreyfus » éclate. Le capitaine Dreyfus est dégradé sur une accusation sommaire d'espionnage et condamné à la déportation à vie. L'Affaire déclenche une flambée d'antisémitisme[1]. Le dossier est rouvert en 1896 grâce à de nouvelles preuves qui dénoncent le véritable coupable : l'officier Esterházy. Zola s'engage dans l'Affaire qui divise la

---

1. *Antisémitisme* : doctrine raciste dirigée contre les Juifs. Alfred Dreyfus était juif.

France en deux camps : les dreyfusards et les antidreyfusards. Quand Esterházy est acquitté, Zola publie dans *L'Aurore* une lettre ouverte, « J'accuse », où il prend la défense de Dreyfus et dénonce l'armée française. L'écrivain est condamné à un an de prison. Il fuit en Angleterre en juillet 1898 et ne rentre qu'en juin 1899. Dreyfus est gracié quelques mois plus tard.

Alors qu'il a commencé un nouveau cycle romanesque, *Les Quatre Évangiles*, après avoir achevé les *Rougon-Macquart* et *Trois Villes*, Zola meurt asphyxié le 29 septembre 1902 dans son domicile parisien à cause d'une cheminée mal entretenue. Des rumeurs accusent les antidreyfusards d'en être responsables. Une foule de plusieurs dizaines de milliers de personnes suit ses funérailles, parmi lesquelles une délégation de mineurs du Nord qui scandent « Germinal ! »[1] en fleurissant sa tombe.

Nulla dies sine linea[2]

Les Rougon-Macquart

Zola est avant tout célèbre pour son cycle des *Rougon-Macquart*. Dès 1867-1868, l'écrivain a eu l'idée d'écrire une grande fresque romanesque en dix volumes. Ce projet est né de deux influences principales. Tout d'abord, Zola emprunte à Balzac la vision d'une société qui cherche à tout prix à satisfaire ses appétits, ainsi que l'idée fondamentale des personnages récurrents. Même s'il a également pour modèles Flaubert, Stendhal et les frères Goncourt, son ambition est claire : concurrencer *La Comédie humaine*.

---

1. **Germinal** : roman du cycle *Les Rougon-Macquart* consacré au milieu des mines.
2. **Nulla dies sine linea** : citation latine, signifiant « Pas un jour sans une ligne », que Zola avait fait peindre sur la cheminée de son cabinet de travail à Médan.

D'autre part, Zola a été influencé par la physiologie[1] qui est une source d'inspiration importante à l'époque. Il a ainsi lu le *Traité philosophique et physiologique de l'hérédité naturelle* du docteur Lucas. Son cycle veut illustrer la thèse de l'ouvrage selon laquelle les comportements humains ont une origine héréditaire.

Ce projet devient *Les Rougon-Macquart, Histoire naturelle et sociale d'une famille sous le Second Empire*, qui compte vingt titres au lieu des dix initialement prévus. Le cycle raconte l'histoire des deux branches d'une même famille : les Rougon, légitimes, et les Macquart, bâtards. Il s'attache à dévoiler la variété des comportements humains à partir de l'hérédité transmise par l'aïeule, Adélaïde Fouque. On retrouve d'ailleurs dans *Le Docteur Pascal* un arbre généalogique de toute la famille. Cela permet de dévoiler également la société décrite exhaustivement : bourgeoisie, boutiquiers, monde des ouvriers, de la grande politique, de la haute prostitution, de la mine, des artistes, des paysans, des chemins de fer, des spéculateurs, des médecins, des soldats, etc.

Le reste de l'œuvre romanesque

Au début de sa carrière, Zola a écrit des romans qui n'appartenaient pas à des cycles et parmi lesquels la critique distingue *Thérèse Raquin* (1867), qui illustre la théorie des tempéraments. C'est la première grande œuvre de Zola. Les autres « romans de jeunesse[2] » n'ont pas obtenu la même reconnaissance et sont aujourd'hui pas ou peu lus.

---

1. Physiologie : partie de la biologie qui étudie notamment les fonctions de l'organisme humain.

2. C'est-à-dire *La Confession de Claude* (1865), *Le Vœu d'une morte* (1866), *Les Mystères de Marseille* (1867-1868) et *Madeleine Férat* (1868).

Zola a également écrit deux autres cycles, notamment *Les Trois Villes*[1], écrit entre 1894 et 1898, dans lequel il veut établir, selon ses propres mots, « le bilan religieux, philosophique et social du siècle ». La religion en est donc le thème principal, en particulier sa place dans la société moderne. D'ailleurs, le héros est un abbé, Pierre Froment, qui connaît une profonde crise religieuse devant le spectacle de la misère.

Resté inachevé, son dernier cycle s'intitule *Les Quatre Évangiles*[2]. Chaque roman est construit autour d'un des fils de Pierre Froment, héros du cycle précédent. Zola y a pour ambition de montrer la création d'une société nouvelle. Il décrit ainsi son projet : « C'est la conclusion naturelle de toute mon œuvre [...]. Je suis content surtout de pouvoir changer ma manière, de pouvoir me livrer à tout mon lyrisme et à toute mon imagination[3]. »

Les contes et nouvelles

La plupart des romans de Zola ont d'abord été publiés en feuilleton dans les journaux de l'époque. L'auteur a en effet collaboré avec la presse tout au long de sa carrière, y compris pour la majorité de ses nouvelles. Son œuvre de conteur diffère de son œuvre de romancier sur deux points. D'une part, si Zola a écrit des romans tout au long de sa vie, il cesse d'écrire des nouvelles en 1880. D'autre part, s'il est connu aujourd'hui pour ses romans, ses textes courts sont souvent négligés. Il faut en

---

1. La trilogie comprend *Lourdes* (1894), *Rome* (1896) et *Paris* (1898).
2. La tétralogie comprend *Fécondité* (1899), *Travail* (1901), *Vérité* (1903), qui reste inachevé suite au décès de Zola, et *Justice*, qui demeure à l'état de projet.
3. Cité par Maurice Leblond dans un article du *Mercure de France*, le 1er octobre 1927, « Les projets littéraires d'Émile Zola au moment de sa mort d'après des documents et manuscrits inédits ».

effet attendre 1968 pour voir la première édition intégrale de tous ses contes et nouvelles !

L'édition Pléiade des *Contes et Nouvelles*[1] distingue trois époques. La première époque (1859-1864) est marquée par la publication d'un recueil de contes, *Les Contes à Ninon* (1862). C'est pour Zola un exercice littéraire qui lui permet de maîtriser son outil : le langage.

La deuxième époque (1865-1874) se caractérise par sa collaboration avec la presse. Les textes appelés « contes » sont en fait des chroniques parues dans différents journaux parisiens et que Zola reprend ensuite en recueil. Cela donne notamment *Esquisses parisiennes* (1866) et les *Nouveaux contes à Ninon* (1874).

La troisième époque (1875-1880) est celle du travail pour une revue russe, *Le Messager de l'Europe*. Zola s'adapte à un lectorat étranger en consacrant plus de place à ses descriptions. Sa renommée lui apporte également plus de liberté. Il en tirera les recueils *Le Capitaine Burle* (1882), dont est extraite notre nouvelle, et *Naïs Micoulin* (1883).

Les articles critiques

De sa collaboration avec les journaux, Zola a retiré également plusieurs recueils d'articles que l'on peut classer en trois groupes. Tout d'abord, les articles de critique littéraire[2], qu'il avait auparavant écrits pour des rubriques qu'il tenait pour plusieurs journaux. Il y rend compte de la production de son temps, et y défend les auteurs qu'il aime et qui ne sont pas

---

1. Émile Zola, *Contes et Nouvelles*, éd. Roger Ripoll, Gallimard, coll. « Bibliothèque de la Pléiade », 1976.
2. Soit *Mes haines* (1866), *Le Roman expérimental* (1880), *Documents littéraires* (1881), *Les Romanciers naturalistes* (1881), *Une campagne* (1882) et *Nouvelle campagne* (1897).

encore reconnus. Cette tribune lui sert aussi, sur un ton volontiers polémique et virulent, à définir ses propres conceptions, à commencer par celle du roman naturaliste.

La peinture a été l'un de ses thèmes favoris, notamment pour défendre dans *Mon Salon* (1866) son ami Paul Cézanne et soutenir les débuts de l'impressionnisme, même s'il prendra plus tard ses distances avec le mouvement. Cézanne a d'ailleurs servi d'inspiration pour le personnage de Claude Lantier, le peintre raté de *L'Œuvre*.

Enfin, son engagement dans l'affaire Dreyfus s'est traduit par de nombreux articles entre 1897 et 1901 qui sont réunis dans *La Vérité en marche* (1901).

La tentation du théâtre

Zola a souvent été tenté par le théâtre, bien que ce versant de son œuvre soit aujourd'hui occulté. Ainsi, son roman *Madeleine Férat* est en réalité la reprise du drame *Madeleine* (1865). Plus tard, en 1873, il adapte *Thérèse Raquin* pour la scène et récidive en 1880 avec *La Curée*. Il s'essaie également à l'écriture de livrets d'opéras à plusieurs reprises. Il semble d'ailleurs qu'au moment de sa mort il envisageait d'écrire une nouvelle fresque théâtrale, à la fois lyrique et didactique[1], inspirée de l'affaire Dreyfus. Si Zola n'a pas toujours rencontré le succès avec son théâtre, son intérêt pour la scène ne s'est jamais démenti.

---

1. *Didactique* : qui a pour but d'instruire, d'enseigner.

La nouvelle naturaliste

Un genre phare du XIXᵉ siècle

L'explosion d'un genre

Le genre de la nouvelle rencontre un engouement extrêmement important au XIXᵉ siècle. D'ailleurs, quand Zola réunit autour de lui de jeunes auteurs et veut les faire connaître au grand public, il choisit de les publier en un recueil collectif de nouvelles : *Les Soirées de Médan.*

L'essor de la presse ouvre à cette époque de nombreux débouchés aux écrivains. Les quotidiens ont besoin de textes à proposer à leurs lecteurs. Ils sont ainsi un mode privilégié de diffusion de la nouvelle et influent sur sa forme. Le journal demande en effet des textes courts, ce qui oblige les auteurs à condenser leurs récits.

Le contenu est également modifié car ces journaux s'adressent à un public élargi : le peuple. Il faut donc faire apparaître le peuple dans ces histoires, souvent à travers des héros modestes.

Une porosité se crée aussi entre le contenu des articles et celui des nouvelles. Les faits divers et les chroniques judiciaires rapportés dans les colonnes des quotidiens inspirent les auteurs. Le genre vit donc une proximité étroite avec les réalités de la vie. De nombreux auteurs le pratiquent, tels Maupassant et Flaubert.

Conte, nouvelle ou anecdote ?

Il convient néanmoins de nous interroger sur la nature exacte de *Comment on meurt*. La définition de la nouvelle est assez floue au XIXᵉ siècle : les mots « contes », « anecdotes » et

« nouvelles » sont employés comme des synonymes. Cela explique que les éditions des textes narratifs brefs de Zola sont souvent intitulées *Contes et nouvelles*[1]. Roger Ripoll est clair à cet égard, il refuse même de donner une définition du conte et de la nouvelle : « Tout d'abord, Zola lui-même, comme ses contemporains, emploie les termes de conte et de nouvelle sans aucune rigueur. Mais surtout les contes et les nouvelles de Zola ne peuvent répondre à une définition unique, parce que la fonction de ces récits dans l'œuvre et dans la carrière de l'écrivain a elle-même changé suivant les époques, ce qui a entraîné des transformations considérables dans sa conception du conte ou de la nouvelle et dans la technique utilisée[2]. »

Néanmoins, nous pouvons nous essayer, sur ce texte particulier, à lui donner un cadre plus étroit. La nouvelle est un récit bref qui, par plusieurs aspects, s'oppose au conte et à l'anecdote. Le conte a en effet pour caractéristique d'appartenir à la tradition orale et s'éloigne du réalisme. Il relate souvent des histoires anciennes. À l'inverse, la nouvelle, par son origine, est plus en phase avec le réel et l'actualité.

Quant à l'anecdote[3], elle s'avère encore plus brève et plus simple que la nouvelle parce qu'elle s'attache davantage à l'histoire qu'elle raconte qu'à la manière de la raconter. Ainsi, dans une anecdote, le développement et la présence du narrateur sont réduits au minimum, contrairement à la nouvelle qui se préoccupe davantage de stylisation et de recherches esthétiques.

---

1. Voir l'édition Pléiade de Roger Ripoll (1976) et l'édition GF-Flammarion de François-Marie Mourad (2008).
2. Émile Zola, *Contes et Nouvelles*, *op. cit.*, « Préface », p. XI-XII.
3. Le *Grand Robert de la langue française* la définit ainsi : « Particularité historique, petit fait curieux (épisode, événement, mot, repartie, trait...), dont le récit peut éclairer le dessous des choses, la psychologie des individus. »

Ainsi, « Comment on meurt », par son approche réaliste de la mort dans la société contemporaine de Zola, et par son jeu sur les variations autour d'un même motif, appartient sans conteste au genre de la nouvelle.

Bref historique du genre

La nouvelle a connu son plein essor au XVIe siècle, parallèlement à l'imprimerie. Cependant, elle est l'héritière de genres déjà établis au Moyen Âge, comme les fabliaux. La Renaissance aménage le genre en mettant en avant la vraisemblance du récit. On peut mesurer la différence en comparant les nouvelles du *Décaméron* de Boccace (XIVe siècle) et *L'Heptaméron* de Marguerite de Navarre (XVIe siècle) qui s'en inspire. Si l'on conserve le côté grivois des histoires, on leur ajoute une vocation pédagogique, notamment en mettant en scène les commentaires des auditeurs.

Aux XVIIe et XVIIIe siècles, le genre profite de la critique puis de l'éclipse provisoire de son concurrent direct : le roman. On se concentre ainsi sur le réalisme, la concision et la simplicité pour s'écarter, par exemple, du roman baroque et de ses interminables intrigues amoureuses enchâssées. Le siècle des Lumières donne au récit bref une mission didactique, comme en témoigne la création d'un genre voisin : le conte philosophique[1].

Enfin, comme nous l'avons vu, la nouvelle profite du développement de la presse au XIXe siècle. Elle commence à se fixer des règles plus précises : le narrateur prend une importance accrue, le récit est rigoureusement construit en vue du dénouement. L'effet de surprise est recherché à la fin de la nouvelle : on soigne la chute.

---

1. Voir par exemple *Candide* de Voltaire.

En outre, deux voies principales se dessinent pour la nouvelle : soit on accentue son caractère réaliste de façon à décrire l'époque avec toute l'acuité qu'elle mérite ; soit on joue sur le fantastique en laissant le lecteur hésiter entre une explication rationnelle et une explication surnaturelle. Ces deux directions sont influencées par une pensée pessimiste qui se développe à la même période et remet en question le sujet ainsi que le système des valeurs.

On voit que Zola a suivi, dans son œuvre en général et dans « Comment on meurt » en particulier, la première manière, même s'il lui est aussi arrivé de pratiquer la nouvelle fantastique[1].

Le naturalisme

Un mouvement littéraire

On ne saurait parler du naturalisme sans évoquer le mouvement qui l'a précédé : le réalisme. D'abord utilisé pour la peinture, le réalisme désigne un courant littéraire dont le but avoué est de traduire la réalité dans ses œuvres. Les écrivains réalistes veulent être les historiens de leur temps. Ainsi, Balzac avait pour ambition de « faire concurrence à l'état civil » avec son cycle *La Comédie humaine*. Le courant se cristallise notamment autour du roman de formation.

Rapidement des voix s'élèvent pour critiquer ce qu'est devenu le roman réaliste, sorte d'agglomérat de clichés tirés de l'œuvre balzacienne. Flaubert prend ses distances avec ce type de littérature en publiant *Madame Bovary* (1857) qui se veut un livre sur « rien ».

Les Goncourt font de même. Dans la préface de *Germinie Lacerteux* (1865), ils prônent un roman vrai qui se situerait dans

---

1. Voir « Le Sang » dans les *Contes à Ninon*.

toutes les couches de la société, y compris les plus basses, et qui s'appuierait sur les dernières découvertes scientifiques.

Zola reprend les conclusions des deux frères et utilise le mot « naturalisme » pour désigner la littérature qu'il appelle de ses vœux. Même si le mouvement naturaliste n'a jamais formé une véritable école, Zola a su réunir autour de son nom de nombreux écrivains qui ont travaillé au développement de ce courant littéraire. Le scandale[1] de *L'Assommoir* (1877) lui a donné une visibilité auprès du grand public. L'auteur a publié de nombreux articles pour préciser sa pensée et nourrir le débat[2]. Le recueil collectif des *Soirées de Médan* (1880) est apparu comme le manifeste des naturalistes, d'autant qu'il regroupait de jeunes auteurs comme Maupassant et Huysmans.

Le mouvement a pris une ampleur internationale et certains auteurs européens peuvent y être rattachés. Ainsi, au nord de l'Europe, le Suédois Strindberg, le Norvégien Ibsen ou les Russes Tchekhov et Tolstoï, en passant par les Allemands Teodor Fontane et Gerhard Hauptamnn. Le mouvement a perduré toute la première moitié du xxᵉ siècle avec plusieurs grands cycles romanesques, parmi lesquels on peut citer *Les Thibault* (1922-1940) de Roger-Martin du Gard et *Les Hommes de bonne volonté* (1932-1946) de Jules Romains.

Les caractéristiques principales du naturalisme

Pour Zola, un roman naturaliste doit proposer une reproduction exacte de la vie. Il s'inspire de la démarche scientifique de son temps pour bâtir sa théorie du roman : « Si la méthode expérimentale a pu être portée de la chimie ou de la physique dans

---

1. À la parution du roman, Zola fut accusé par les uns de se complaire dans la pornographie, et par les autres de donner une image négative du peuple.
2. Notamment *Le Roman expérimental* (1880), *Les Romanciers naturalistes*, *Documents littéraires* (1881).

la physiologie et la médecine, elle peut l'être de la physiologie dans le roman naturaliste[1]. » « Les naturalistes, dit-il, reprennent l'étude de la nature aux sources mêmes, remplacent l'homme métaphysique par l'homme physiologique, et ne le séparent plus du milieu qui le détermine[2]. » Zola a donc, en particulier pour ses romans des *Rougon-Macquart*, procédé à des enquêtes rigoureuses, en se rendant si possible sur place. Il a établi des dossiers préparatoires de plus en plus volumineux avec le temps.

Afin de laisser à la réalité toute sa place, il préconise de se débarrasser de tout élément romanesque : « la succession des faits y sera telle que l'exige le déterminisme des phénomènes mis à l'étude[3] ». De même, le héros est voué à disparaître, ou en tout cas à revenir à une place plus modeste car il n'est qu'une partie du « document humain[4] » que l'auteur veut représenter dans ses romans.

Le romancier est également prié de s'effacer derrière l'action qu'il raconte. Cependant, il peut imprimer son tempérament à son œuvre, c'est-à-dire la force de sa personnalité, son style personnel, sa vision du réel. En effet, « une œuvre d'art est un coin de la création vu à travers un tempérament[5] ». En s'effaçant, l'écrivain semble se transformer en un narrateur collectif qui observe les personnages et les groupes sociaux qu'il représente. Ainsi, le strict réalisme est souvent dépassé par une forme de lyrisme épique qui exprime les passions d'entités vivantes, qu'elles soient des personnages, des lieux ou des objets.

Ces catégories esthétiques ont été appliquées par Zola à ses romans aussi bien qu'à la plus grande partie de ses nouvelles.

---

1. Émile Zola, *Le Roman expérimental* (1880).
2. Émile Zola, *Une campagne*, « Le naturalisme » (1881).
3. Émile Zola, *Le Roman expérimental* (1880).
4. Émile Zola, *Les Romanciers naturalistes*, « Gustave Flaubert » (1881).
5. Émile Zola, *Mes haines*, « Proudhon et Courbet » (1865).

Les enjeux de la mort

Une œuvre singulière

Contexte de la parution

« Comment on meurt » présente un certain nombre de caractéristiques particulières, à commencer par son mode de publication. Le texte paraît dans une revue russe, *Le Messager de l'Europe*. Zola écrit un article par mois dans ses colonnes entre mars 1875 et décembre 1880, où la fiction occupe un tiers de l'ensemble[1]. Le débit est à la fois régulier et important car la revue demande des articles longs. Cela explique sans doute que Zola ait fait paraître des séries de nouvelles qui représentaient pour lui une plus grande facilité d'écriture.

D'autre part, Zola devait s'adresser à un public russe avec lequel il ne pouvait pas se prévaloir de la même complicité qu'avec le public français. Son travail prend un tour didactique : il présente à un regard étranger le fonctionnement de la société française à travers des « reportages dramatisés[2] ». Cependant, nombre de ces textes ont été repris dans la presse française et en recueil. Ils montrent également un changement dans la technique narrative de Zola. À partir de *Son excellence Eugène Rougon* (1876), il organise ses romans en tableaux, correspondant chacun à une facette du milieu qu'il représente.

« Comment on meurt » témoigne de cette méthode. Zola rédige le texte durant l'été 1876, alors qu'il s'accorde une pause dans l'écriture de *L'Assommoir*, et paraît en août dans la revue

---

1. Émile Zola, *Contes et Nouvelles*, *op. cit.*, « Notice », p. 1475.
2. *Ibid.*

sous le titre : « Comment on meurt et comment on enterre en France ».

Comme chaque texte, considéré indépendamment, était trop court, Zola les publie en série : cinq tableaux de la mort, dans cinq milieux sociaux différents. Avant d'être reprises ensemble dans le recueil *Le Capitaine Burle* (1883), certaines parties auront été publiées séparément dans *Le Figaro* en 1881. Ainsi, les parties I, IV et V paraissent sous les titres respectifs suivants : « La Mort du riche », « Misère » et « La Mort du paysan »[1].

Cinq enterrements

Les cinq tableaux que présente cette nouvelle s'enchaînent sans aucun commentaire de la part de l'auteur ; on assiste à l'agonie d'un membre de la vieille noblesse (I), puis d'une riche bourgeoise (II), d'une petite commerçante (III), d'un fils d'ouvriers (IV) et enfin d'un vieux paysan (V). Ils forment un ensemble parfaitement cohérent, même s'ils peuvent se lire un à un, comme le prouve le fait que Zola n'a pas hésité à les donner à part, et dans un ordre différent de leur numérotation.

Ce n'est pas la première fois que l'auteur propose un texte de ce genre. Déjà, Zola avait découvert cette « formule » avec « Comment on se marie », publié dans *Le Messager de l'Europe* en janvier 1876 sous le titre « Le mariage en France et ses principaux types ». Ce n'est pas la dernière fois non plus : l'année suivante, en janvier 1877, ce fut les « Types d'ecclésiastiques français ». Dans les deux cas, Zola propose des groupes de portraits : dans le premier quatre types de mariages par milieu social, dans le second cinq prêtres et leur influence respective sur les fidèles.

---

1. *Le Figaro*, le 1er août 1881 pour le I, le 31 janvier 1881 pour le IV et le 20 juin 1881 pour le V.

Du point de vue de la forme, « Comment on meurt » est bien plus proche de « Comment on se marie ». On retrouve le même découpage sociologique : vieille noblesse, bourgeoisie aisée, petit commerce, prolétariat. D'ailleurs, la partie I de « Comment on meurt » semble être une suite de celle de « Comment on se marie » : on y évoque un couple qui a rompu depuis longtemps ses relations tout en essayant de sauver les apparences ; on y retrouve la mariée rêveuse qui songe à un amant.

Cependant, on peut noter deux différences majeures entre les deux séries. Là où « Comment on se marie » débutait par quelques pages de présentation et d'introduction, « Comment on meurt » en est totalement dépourvu. À l'inverse, il présente un cinquième milieu, absent de « Comment on se marie » : le milieu paysan. C'est d'ailleurs cette partie qui bénéficiera de la plus grande attention car elle sera reprise, outre dans *Le Figaro*, encore plusieurs fois entre 1885 et 1895[1]. C'est aussi la seule partie qui a été retouchée par Zola, quand les autres textes sont restés inchangés.

Une œuvre emblématique

Le réalisme de « Comment on meurt »

Cette nouvelle s'affirme comme un texte résolument réaliste. Les décors appartiennent à la vie quotidienne. On entre dans l'espace domestique, que ce soit « l'hôtel particulier » du comte de Verteuil, le « vaste appartement » de Mme Guérard ou la chambre « au cinquième » des Morisseau. On voit apparaître des lieux de travail, tels le « magasin de papeterie » des

---

1. Dans un recueil collectif *Le Nouveau Décaméron* (1885), puis dans les *Annales politiques et littéraires* (25 octobre 1885) et enfin dans *La Revue illustrée* (décembre 1895).

Rousseau ou le « champ » de Jean-Louis Lacour. Bien sûr, dans les trois textes, on retrouve des espaces de rencontre comme les rues, les églises et les cimetières.

Le temps est également familier au lecteur puisqu'il renvoie à des moments quotidiens ou à des événements qui rythment l'année comme la « rentrée des classes », la « moisson »... On voit Morisseau partir « au travail » et revenir en apportant son salaire, « sa dernière pièce de quarante sous ». Rousseau fait « l'inventaire » dans sa boutique. Les paysans « vont chaque matin aux champs ». On évoque même des fêtes et des sorties puisque les boutiquiers vont faire « un tour [...] aux Champs-Élysées » et que l'on voit la comtesse rentrer « d'un bal vers deux heures du matin ». Bien sûr, Zola a choisi de situer ses cinq scènes à un moment particulier de l'histoire familiale : l'agonie, le décès et l'enterrement.

Cela permet d'accorder une place importante au corps. On voit ainsi les personnages éprouver dans leur chair la faim (« les Morisseau, affamés, mangent gloutonnement »), la soif (« la religieuse demande du lait chaud »), le désir (la comtesse est « perdue dans une rêverie, qui, peu à peu, fait monter une rougeur à ses joues de belle blonde »). Mais le corps, avec l'agonie, est également présenté comme souffrant et Zola insiste sur le vocabulaire de la « maladie » (« Mme Rousseau est phtisique », Charlot souffre d'une « pleurésie »).

Les personnages eux-mêmes s'affirment comme des types réalistes en ce qu'ils sont chacun l'incarnation d'un milieu social, soumis à des contraintes particulières qui influent sur leurs motivations. Ainsi, le noble ambitionne à tout prix d'avoir une mort digne (« C'est un homme bien élevé qui s'en va »). La grande bourgeoise cherche à protéger la fortune familiale (« Dans son agonie, c'est là son supplice : ne plus pouvoir veiller aux dépenses de la maison »). Le commerçant est obsédé par sa boutique (« il a sa papeterie qui l'absorbe »). Le paysan veut retourner au travail (« La terre a plus besoin d'être soignée que lui »). Quant aux ouvriers, ils cherchent simplement à « ne pas mourir de faim ». En outre, le thème de l'argent revient de façon continuelle. À peine un personnage meurt-il qu'on se préoccupe du prix des obsèques puis de l'héritage.

Enfin, Zola utilise de nombreux effets de réel. L'action est clairement située au XIXe siècle : Faure, un baryton de l'époque, chante à l'enterrement du comte. L'auteur met donc en scène un personnage historique à côté de ses personnages de fiction afin de les rendre plus crédibles. D'autre part, il cite pour chacun d'eux à la fois la rue dans laquelle ils habitent et le nom du cimetière où les défunts sont ensevelis. Le registre réaliste passe aussi par des détails. Ainsi, le motif des draperies noires qui revient à chaque enterrement sert à recréer l'univers quotidien. Zola va même jusqu'à reproduire la note que Rousseau pose sur le volet de sa boutique « Fermé pour cause de décès ». Le réalisme se traduit aussi, et c'est une habitude chez Zola, par le discours, notamment au style indirect libre. Aux formules euphémistiques du comte (« Je ne me sens pas bien ») répondent les tournures familières des Morisseau (« Qu'a-t-il donc, ce mioche, à battre la campagne ? »).

Forme et signification

Les cinq textes sont organisés exactement de la même manière. On peut tracer pour chacune des parties un schéma narratif identique et simple :

	I	II	III	IV	V
Situation initiale	Du début à « ... des intimes à leur guise ».	Du début à « Ils attendent, voilà tout ».	Du début à « ... une cinquantaine de mille francs ».	Du début à « ... de quoi ne pas mourir de faim ».	Du début à « ... qui semblait le connaître et trembler ».
Élément perturbateur : la maladie	« Cependant, une nuit... » à « ... de vous être dérangée ».	« Un soir, sortant de table... » à « ... autour du lit de la mourante ».	« Adèle n'est pas d'une forte santé » à « ... sans avoir le temps de se soigner ».	« Mais, un jour, l'homme en rentrant... » à « ... qui n'a plus d'espoir ».	« Mais, un jour, voici deux mois... » à « ... et tout le monde se couche ».
L'agonie	« Deux jours passent » à « ... il peut mourir ».	« Son premier soin... » à « ... la malade peut succomber ».	« Un jour, M. Rousseau... » à « ... elle serait heureuse de le savoir ».	« Pendant cinq jours... » à « Ce serait plus vite fini ».	« Le lendemain, avant de partir... » à « ... les hommes ne peuvent pas se déranger ».
Résolution : le décès	« Mais il ne se hâte point... » à « ... à la pompe de ses obsèques ».	« Alors, un matin... » à « ... et comme une haine ».	« Puis, la nuit même... » à « Elle est morte ».	« Pourtant la mère est retournée à la mairie... » à « ... ils manquent toujours le train, au bureau de bienfaisance ».	« Le vieux fait seulement demander... » à « ... fiers de la solidité de la famille ».
Situation finale : l'enterrement	« Les médecins s'en sont allés... » à la fin.	« La toilette de la morte... » à la fin.	« Depuis trop longtemps... » à la fin.	« Et quel pauvre cadavre d'enfant... » à la fin.	« La nuit, on veille le père... » à la fin.

On retrouve le même enchaînement de séquences où est présenté un personnage qui va être atteint d'une maladie. Ensuite, une attente plus ou moins longue se met en place et le malade finit par mourir. La fin du texte est consacrée aux rituels qui entourent les obsèques : la toilette mortuaire, la veillée, le cortège funéraire, la cérémonie religieuse et l'enterrement. On voit que Zola n'accorde pas la même importance à chacun de ces épisodes, dans un souci de variété mais aussi pour attirer l'attention du lecteur sur des thèmes particuliers. On remarque également un déséquilibre qui accorde une place très importante à la situation finale car c'est là que se déroule la comédie sociale attachée à la mort.

On a déjà dit que Zola avait, par rapport à la série « Comment on se marie », ajouté un cinquième milieu social et s'était abstenu de proposer une introduction explicative. Ces deux éléments sont très importants. En effet, en refusant de guider la lecture par une notice, Zola procède à l'effacement du narrateur. C'est la lecture des cinq tableaux à la suite qui doit conduire le lecteur à se forger sa propre opinion.

D'autre part, en ajoutant la cinquième partie, il rompt le mouvement de descente sociale qui semblait guider la composition du texte. En effet, on passait du plus riche au plus pauvre, et la compassion du lecteur était de plus en plus sollicitée. La partie V vient briser cette évolution. On termine sur une note positive qui permet un dépassement du réalisme par le lyrisme avec lequel l'auteur décrit la nature, mais aussi un caractère épique car, parlant de Jean-Louis, Zola parle de la survie de l'humanité en accord avec la nature. Il y a quelque chose de grandiose dans ce dernier tableau qui est caractéristique de la manière naturaliste de Zola.

Au centre de l'inspiration zolienne

En conclusion, on peut dire que ce texte est emblématique de l'art de Zola, mais aussi de son inspiration. On y retrouve sa grande obsession pour le thème de la mort, thème si important dans son œuvre qu'il fait l'objet d'une entrée spécifique dans le *Dictionnaire* consacré à l'écrivain[1]. Face à cette angoisse, Zola exalte les forces de vie et prône le travail, deux motifs qui sont présents dans « Comment on meurt ».

Apparaît également le terme « fêlure » qui sous-tend toute son œuvre, en particulier le cycle des *Rougon-Macquart*. La fêlure est la transmission héréditaire d'une tare. Mais, comme le signale Gilles Deleuze à propos de *La Bête humaine*[2] : « La mort, l'instinct de mort, qui [...] n'est pas un instinct parmi les autres, mais la fêlure elle-même autour de laquelle tous les instincts fourmillent. »

La nouvelle apparaît comme un concentré des motifs zoliens et, à ce titre, mérite d'être étudiée pour elle-même, indépendamment du cycle des *Rougon-Macquart*.

---

1. Colette Becker, Gina Gourdin-Servenière, Véronique Lavielle, *Dictionnaire d'Émile Zola*, Robert Laffont, 1993, p. 272.
2. Gilles Deleuze, *Logique du sens*, Les Éditions de Minuit, 1969.

N.B. : dans la chronologie, les initiales *R.M.* renvoient à la série des Rougon-Macquart, chaque fois suivies du numéro du tome concerné.

CHRONOLOGIE

1840 1908
1840 1908

■ Repères historiques et culturels
■ Vie et œuvre de l'auteur

Repères historiques et culturels

1847-1850	Lucas, *Traité philosophique et physiologique de l'hérédité naturelle*. Cette étude sur l'hérédité sera une grande source d'inspiration pour Zola.
1848	Révolution de février. Proclamation de la IIᵉ République. Louis-Napoléon Bonaparte est élu président de la République.
1850	Mort de Balzac.
1851	Coup d'État du 2 décembre par le président de la République Louis-Napoléon Bonaparte, le futur Napoléon III.
1852	Début du Second Empire de Napoléon III.
1857	Charles Baudelaire, avec *Les Fleurs du mal*, et Gustave Flaubert, avec *Madame Bovary*, sont tous deux attaqués en justice pour «outrage à la morale publique». Baudelaire perd son procès, tandis que Flaubert est acquitté.
1859	Charles Darwin, *De l'origine des espèces* (l'œuvre est traduite en français en 1862).
1862	Victor Hugo, *Les Misérables*.
1863	Le peintre Édouard Manet fait scandale avec sa toile *Le Déjeuner sur l'herbe*.
1865	Les frères Goncourt, *Germinie Lacerteux*. Taine, *Nouveaux essais de critique et d'histoire* : l'article consacré à Balzac a une grande influence sur Zola.

Vie et œuvre de l'auteur

1840   2 avril : naissance d'Émile Zola à Paris.

1843   Installation de la famille à Aix-en-Provence.

1847   Mort du père de Zola.

1852   Zola entre au collège Bourbon à Aix-en-Provence. Il rencontre Paul Cézanne.

1858   Zola quitte Aix-en-Provence pour Paris. Il entre au lycée Saint-Louis.

1859   Double échec au baccalauréat ès sciences à Paris puis à Marseille.
Publication dans la presse de son premier conte : «La Fée amoureuse».

1862   Est employé chez Hachette après des années difficiles.
Il dirigera bientôt le service de la publicité.
Contes à Ninon (recueil de contes et nouvelles).

1865   *La Confession de Claude* (roman).

Repères historiques et culturels

1868   Édouard Manet peint un *Portrait d'Émile Zola*.

1870   Guerre franco-prussienne. Chute du Second Empire et proclamation de la IIIe République. Paris est encerclé.

1871   Événements de la Commune de Paris.

1873   Monet, *Impression, soleil levant* (ce tableau est considéré comme le premier tableau impressionniste et son titre est à l'origine du nom du mouvement).

1877   Édouard Manet peint *Nana*.

Vie et œuvre de l'auteur

1866 Zola quitte son emploi chez Hachette. Il collabore à différents journaux, rencontre les futurs peintres impressionnistes et défend notamment Manet dans ses articles de critique littéraire et artistique.
Le Vœu d'une morte (roman).
Esquisses parisiennes (recueil de contes et nouvelles).
Mes haines (recueil d'articles de critique littéraire).
Mon Salon (recueil d'articles de critique artistique).

1867 *Les Mystères de Marseille* (roman, tomes 1 et 2).
Thérèse Raquin (roman).

1868 *Les Mystères de Marseille* (tome 3).
Madeleine Férat (roman).
Zola effectue des lectures préparatoires et écrit les premiers plans de la série *Les Rougon-Macquart ou Histoire naturelle et sociale d'une famille sous le Second Empire*.

1870 Zola épouse Éléonore Alexandrine Meley, rencontrée en 1865.
Il essaye vainement de se faire nommer sous-préfet à Aix-en-Provence.

1871 Zola quitte Paris et se réfugie à Bennecourt.
La Fortune des Rougon (R.M. 1).

1872 *La Curée* (R.M. 2)

1873 *Le Ventre de Paris* (R.M. 3).
Thérèse Raquin (drame adapté du roman éponyme).

1874 *La Conquête de Plassans* (R.M. 4).
Nouveaux contes à Ninon (recueil de contes et nouvelles).

1875 *La Faute de l'abbé Mouret* (R.M. 5).
Début de la collaboration de Zola au *Messager de l'Europe*.

1876 *Son Excellence Eugène Rougon* (R.M. 6).
Durant l'été, Zola rédige «Comment on meurt».
Publication de «Comment on meurt» dans *Le Messager de l'Europe* en janvier et de «Comment on se marie» en juillet.

1877 La publication de *L'Assommoir* (R.M. 7) provoque un grand scandale mais recueille également un grand succès.

Repères historiques et culturels

1880   Décès de Gustave Flaubert.

1883   Mort d'Édouard Manet.

1885   Maupassant, *Bel-Ami*.
             Mort de Victor Hugo.

1886   Rimbaud, *Illuminations*.

1887   Dans le *Manifeste des cinq*, des romanciers proches des frères
             Goncourt s'attaquent violemment à *La Terre*, alors en cours
             de parution dans la presse.

Vie et œuvre de l'auteur

1878   *Une page d'amour (R.M. 8)*.
Zola achète une propriété à Médan.

1880   *Nana (R.M. 9)*.
Zola publie une nouvelle dans le recueil collectif, *Les Soirées de Médan*, auquel a collaboré Maupassant.
Mort de la mère de Zola.
Le Roman expérimental (recueil d'articles de critique littéraire).
Fin de la collaboration au *Messager de l'Europe*. Il cesse de travailler dans le journalisme car il gagne suffisamment bien sa vie avec ses romans.
Renée (drame tiré de *La Curée* à la demande de Sarah Bernhardt. La pièce ne sera jouée qu'en 1887).

1881   *Le Figaro* reprend séparément certaines parties de «Comment on meurt» : la IV (31 janvier), la V (20 juin) et la I (1er août).
Les Romanciers naturalistes (recueil d'articles de critique littéraire).
Documents littéraires (recueil d'articles de critique littéraire).
Le Naturalisme au théâtre et *Nos auteurs dramatiques* (recueils d'articles de critique dramatique).

1882   *Pot-Bouille (R.M. 10)*.
Le Capitaine Burle (recueil de contes et nouvelles).
Une campagne (recueil d'articles de critique littéraire).

1883   *Au Bonheur des dames (R.M. 11)*.
Naïs Micoulin (recueil de contes et nouvelles).

1884   *La Joie de vivre (R.M. 12)*.

1885   *Germinal (R.M. 13)*.
Nouvelle publication de la Ve partie de «Comment on meurt» dans le recueil collectif du *Nouveau Décaméron*, dirigé par Catulle Mendès, puis dans le numéro du 25 octobre des *Annales politiques et littéraires*.

1886   La publication de *L'Œuvre (R.M. 14)* entraîne la rupture avec Paul Cézanne qui croit se reconnaître dans le personnage de Claude Lantier, un peintre raté.

1887   *La Terre (R.M. 15)*.

Repères historiques et culturels

1889 Exposition universelle à Paris (à cette occasion, on inaugure la tour Eiffel).
Le scandale de Panamá éclate et se prolonge jusqu'en 1892. Ce sera le plus important scandale financier de la IIIe République.

1892 Paul Cézanne peint *Les Joueurs de cartes*.
Série d'attentats anarchistes.

1894 Le capitaine Alfred Dreyfus est accusé de trahison et condamné, après un jugement sommaire, à la dégradation militaire et à la déportation à vie.

1896 Le commandant Picquart accuse l'officier Esterházy d'être coupable de la trahison pour laquelle Dreyfus a été condamné. Il demande une révision du procès. Peu après, on le transfère en Tunisie.

1897 Edmond Rostand, *Cyrano de Bergerac*.

1898 Esterházy est acquitté par le Conseil de guerre.
Suite à l'article de Zola, l'affaire Dreyfus devient l'Affaire. L'opinion publique se divise en deux camps violemment opposés : les dreyfusards et les antidreyfusards.

Vie et œuvre de l'auteur

1888   *Le Rêve (R.M. 16)*.
Zola entame une liaison avec Jeanne Rozerot, dont il aura
deux enfants.

1890   *La Bête humaine (R.M. 17)*.
Zola se présente à l'Académie française. C'est un échec.

1891   *L'Argent (R.M. 18)*.

1892   *La Débâcle (R.M. 19)*.

1893   *Le Docteur Pascal (R.M. 20)*.

1894   *Lourdes (Trois Villes,* tome 1).

1895   Nouvelle publication de la V⁰ partie de «Comment on meurt»
dans *La Revue illustrée*. Pour l'occasion, Zola revoit le texte.

1896   *Rome (Trois Villes,* tome 2).

1897   Zola se présente pour la dix-neuvième fois à l'Académie
française. C'est un nouvel échec.
Zola prend le parti de Dreyfus.
Une nouvelle campagne (recueil d'articles de critique littéraire
et de commentaires politiques).

1898   Reprenant sa plume de journaliste pour défendre Dreyfus,
Zola publie «J'accuse» dans le journal *L'Aurore*.
Zola est condamné pour diffamation.
Paris (Trois Villes, tome 3).
Zola se réfugie en Angleterre.

Repères historiques et culturels

1899 Révision du procès de Dreyfus. Le Conseil de guerre
le condamne à dix ans de réclusion. Dreyfus est gracié
par le président de la République.

1906 Dreyfus est réintégré dans l'armée avec ses grades
et sa fonction.

Vie et œuvre de l'auteur

1899   Zola rentre en France.
Fécondité (*Quatre Évangiles*, tome 1).

1901   *La Vérité en marche* (recueil d'articles consacrés à l'affaire Dreyfus).
Travail (*Quatre Évangiles*, tome 2).

1902   29 septembre : mort de Zola à Paris, asphyxié dans son appartement. Son épouse en réchappe de justesse.
Lors de ses obsèques, l'écrivain reçoit un hommage international. Son oraison funèbre est lue par Anatole France.

1903   Publication posthume de *Vérité* (*Quatre Évangiles*, tome 3).
Justice, quatrième et dernier volume des *Quatre Évangiles*, reste à l'état de notes préparatoires.

1908   Les cendres de Zola sont transférées au Panthéon, à Paris.

Comment
on meurt

I[1]

Le comte de Verteuil a cinquante-cinq ans. Il appartient à une des plus illustres[2] familles de France, et possède une grande fortune. Boudant le gouvernement, il s'est occupé comme il a pu, a donné des articles aux revues sérieuses, qui l'ont fait entrer à
5   l'Académie des sciences morales et politiques, s'est jeté dans les affaires, s'est passionné successivement pour l'agriculture, l'élevage, les beaux-arts. Même, un instant, il a été député, et s'est distingué par la violence de son opposition.

La comtesse Mathilde de Verteuil a quarante-six ans. Elle est
10   encore citée comme la blonde la plus adorable de Paris. L'âge semble blanchir sa peau. Elle était un peu maigre ; maintenant, ses épaules, en mûrissant, ont pris la rondeur d'un fruit soyeux[3]. Jamais elle n'a été plus belle. Quand elle entre dans un salon, avec ses cheveux d'or et le satin de sa gorge, elle paraît être un
15   astre à son lever ; et les femmes de vingt ans la jalousent.

Le ménage[4] du comte et de la comtesse est un de ceux dont on ne dit rien. Ils se sont épousés comme on s'épouse le plus

---

1. Cette première partie a paru à part le 1er août 1881, dans *Le Figaro*, sous le titre «La Mort du riche». On trouve déjà la description des députés, des ministres et de la cour impériale dans *Son Excellence Eugène Rougon* (1876).
2. *Illustres* : célèbres.
3. *Soyeux* : semblable à la soie.
4. *Ménage* : couple.

souvent dans leur monde. Même on assure qu'ils ont vécu six
ans très bien ensemble. À cette époque, ils ont eu un fils, Roger,
20 qui est lieutenant, et une fille, Blanche, qu'ils ont mariée l'année
dernière à M. de Bussac, maître des requêtes[1]. Ils se rallient dans
leurs enfants[2]. Depuis des années qu'ils ont rompu[3], ils restent
bons amis, avec un grand fond d'égoïsme. Ils se consultent, sont
parfaits l'un pour l'autre devant le monde, mais s'enferment
25 ensuite dans leurs appartements, où ils reçoivent des intimes à
leur guise[4].

Cependant, une nuit, Mathilde rentre d'un bal vers deux
heures du matin. Sa femme de chambre la déshabille; puis, au
moment de se retirer, elle dit :
30 «M. le comte s'est trouvé un peu indisposé[5] ce soir.»
La comtesse, à demi endormie, tourne paresseusement la tête.
«Ah!» murmure-t-elle.
Elle s'allonge, elle ajoute :
«Réveillez-moi demain à dix heures, j'attends la modiste[6].»
35 Le lendemain, au déjeuner, comme le comte ne paraît pas, la
comtesse fait d'abord demander de ses nouvelles; ensuite, elle se
décide à monter auprès de lui. Elle le trouve très pâle dans son
lit, très correct. Trois médecins sont déjà venus, ont causé à voix
basse et laissé des ordonnances[7]; ils doivent revenir le soir. Le
40 malade est soigné par deux domestiques, qui s'agitent graves et
muets, étouffant le bruit de leurs talons sur les tapis. La grande
chambre sommeille, dans une sévérité froide; pas un linge ne
traîne, pas un meuble n'est dérangé. C'est la maladie propre et
digne, la maladie cérémonieuse, qui attend des visites.

---

1. *Maître des requêtes* : haut fonctionnaire, membre du Conseil d'État.
2. *Ils se rallient dans leurs enfants* : ils se rejoignent grâce à leurs enfants.
3. *Ils ont rompu* : ils mènent leur vie séparément.
4. *À leur guise* : comme ils le souhaitent.
5. *S'est trouvé un peu indisposé* : s'est senti un peu mal.
6. *Modiste* : fabricante et marchande de chapeaux de femme.
7. *Ordonnances* : prescriptions d'un médecin.

45 «Vous souffrez donc, mon ami?» demande la comtesse en entrant.

Le comte fait un effort pour sourire.

«Oh! un peu de fatigue, répond-il. Je n'ai besoin que de repos... Je vous remercie de vous être dérangée.»

50 Deux jours se passent. La chambre reste digne; chaque objet est à sa place, les potions disparaissent sans tacher un meuble. Les faces rasées des domestiques ne se permettent même pas d'exprimer un sentiment d'ennui. Cependant, le comte sait qu'il est en danger de mort; il a exigé la vérité des médecins, et il les
55 laisse agir, sans une plainte. Le plus souvent, il demeure les yeux fermés, ou bien il regarde fixement devant lui, comme s'il réfléchissait à sa solitude.

Dans le monde, la comtesse dit que son mari est souffrant. Elle n'a rien changé à son existence, mange et dort, se promène
60 à ses heures. Chaque matin et chaque soir, elle vient elle-même demander au comte comment il se porte.

«Eh bien? allez-vous mieux, mon ami?

– Mais oui, beaucoup mieux, je vous remercie, ma chère Mathilde.

65 – Si vous le désiriez, je resterais près de vous.

– Non, c'est inutile. Julien et François suffisent... À quoi bon vous fatiguer?»

Entre eux, ils se comprennent, ils ont vécu séparés et tiennent à mourir séparés. Le comte a cette jouissance amère de l'égoïste,
70 désireux de s'en aller seul, sans avoir autour de sa couche l'ennui des comédies de la douleur. Il abrège le plus possible, pour lui et pour la comtesse, le désagrément du suprême tête-à-tête. Sa volonté dernière est de disparaître proprement, en homme du monde qui entend[1] ne déranger et ne répugner[2] personne.

---

1. *Qui entend* : qui veut.
2. *Répugner* : dégoûter.

75　Pourtant, un soir, il n'a plus que le souffle, il sait qu'il ne passera pas la nuit. Alors, quand la comtesse monte faire sa visite accoutumée[1], il lui dit en trouvant un dernier sourire :

«Ne sortez pas… Je ne me sens pas bien.»

Il veut lui éviter les propos du monde. Elle, de son côté, atten-
80　dait cet avis. Et elle s'installe dans la chambre. Les médecins ne quittent plus l'agonisant[2]. Les deux domestiques achèvent leur service, avec le même empressement silencieux. On a envoyé chercher les enfants, Roger et Blanche, qui se tiennent près du lit, à côté de leur mère. D'autres parents occupent une pièce voisine.
85　La nuit se passe de la sorte, dans une attente grave. Au matin, les derniers sacrements[3] sont apportés, le comte communie[4] devant tous, pour donner un dernier appui à la religion. Le cérémonial est rempli[5], il peut mourir.

Mais il ne se hâte point, semble retrouver des forces, afin d'évi-
90　ter une mort convulsée[6] et bruyante. Son souffle, dans la vaste pièce sévère, émet seulement le bruit cassé d'une horloge qui se détraque. C'est un homme bien élevé qui s'en va. Et, lorsqu'il a embrassé sa femme et ses enfants, il les repousse d'un geste, il retombe du côté de la muraille, et meurt seul.
95　Alors, un des médecins se penche, ferme les yeux du mort. Puis, il dit à demi-voix :

«C'est fini.»

Des soupirs et des larmes montent dans le silence. La comtesse, Roger et Blanche se sont agenouillés. Ils pleurent entre

---

1. Accoutumée : habituelle.

2. L'agonisant : le mourant.

3. Les derniers sacrements : les rites chrétiens réservés aux mourants. Dans ce cas, on frotte l'agonisant avec une huile bénite et ce dernier doit aussi se confesser et communier (voir note suivante).

4. Communie : consomme l'hostie consacrée. Dans le catholicisme, la cérémonie de la communion, appelée aussi eucharistie, célèbre le sacrifice et la résurrection de Jésus-Christ.

5. Le cérémonial est rempli : la cérémonie est terminée.

6. Convulsée : agitée.

leurs mains jointes ; on ne voit pas leurs visages. Puis, les deux enfants emmènent leur mère, qui, à la porte, voulant marquer son désespoir, balance sa taille dans un dernier sanglot. Et, dès ce moment, le mort appartient à la pompe de ses obsèques[1].

Les médecins s'en sont allés, en arrondissant le dos et en prenant une figure vaguement désolée. On a fait demander un prêtre à la paroisse[2], pour veiller le corps. Les deux domestiques restent avec ce prêtre, assis sur des chaises, raides et dignes ; c'est la fin attendue de leur service. L'un d'eux aperçoit une cuiller oubliée sur un meuble ; il se lève et la glisse vivement dans sa poche, pour que le bel ordre de la chambre ne soit pas troublé.

On entend au-dessous, dans le grand salon, un bruit de marteaux : ce sont les tapissiers qui disposent cette pièce en chapelle ardente[3]. Toute la journée est prise par l'embaumement[4] ; les portes sont fermées, l'embaumeur est seul avec ses aides. Lorsqu'on descend le comte, le lendemain, et qu'on l'expose, il est en habit, il a une fraîcheur de jeunesse.

Dès neuf heures, le matin des obsèques, l'hôtel s'emplit d'un murmure de voix. Le fils et le gendre du défunt, dans un salon du rez-de-chaussée, reçoivent la cohue[5] ; ils s'inclinent, ils gardent une politesse muette de gens affligés[6]. Toutes les illustrations[7] sont là, la noblesse, l'armée, la magistrature ; il y a jusqu'à des sénateurs et des membres de l'Institut[8].

---

1. *À la pompe de ses obsèques* : au luxe de son enterrement.
2. *Paroisse* : circonscription ecclésiastique où exerce le prêtre.
3. *Chapelle ardente* : pièce où de nombreux cierges brûlent autour d'un mort.
4. *Embaumement* : traitement que l'on fait subir au cadavre pour qu'il se conserve en bon état.
5. *Cohue* : foule.
6. *Affligés* : tristes.
7. *Illustrations* : figures célèbres.
8. *L'Institut* : l'Institut de France, institution et bâtiment parisien qui regroupe l'Académie française, l'Académie des inscriptions et belles-lettres, l'Académie des sciences, l'Académie des beaux-arts et l'Académie des sciences morales et politiques.

À dix heures enfin, le convoi se met en marche pour se rendre
125 à l'église. Le corbillard[1] est une voiture de première classe,
empanachée[2] de plumes, drapée de tentures à franges[3] d'argent.
Les cordons du poêle[4] sont tenus par un maréchal de France, un
duc vieil ami du défunt, un ancien ministre et un académicien.
Roger de Verteuil et M. de Bussac conduisent le deuil. Ensuite,
130 vient le cortège, un flot de monde ganté et cravaté de noir, tous
des personnages importants qui soufflent dans la poussière et
marchent avec le piétinement sourd d'un troupeau débandé[5].

Le quartier ameuté est aux fenêtres ; des gens font la haie sur
les trottoirs, se découvrent et regardent passer avec des hoche-
135 ments de tête le corbillard triomphal. La circulation est interrom-
pue par la file interminable des voitures de deuil, presque toutes
vides ; les omnibus[6], les fiacres, s'amassent dans les carrefours ;
on entend les jurons des cochers et les claquements des fouets. Et,
pendant ce temps, la comtesse de Verteuil, restée chez elle, s'est
140 enfermée dans son appartement, en faisant dire que les larmes
l'ont brisée. Étendue sur une chaise longue, jouant avec le gland
de sa ceinture, elle regarde le plafond, soulagée et rêveuse.

À l'église, la cérémonie dure près de deux heures. Tout le
clergé est en l'air[7] ; depuis le matin, on ne voit que des prêtres
145 affairés courir en surplis[8], donner des ordres, s'éponger le front
et se moucher avec des bruits retentissants. Au milieu de la

---

1. *Corbillard* : véhicule servant à transporter les morts jusqu'au lieu de leur
sépulture.
2. *Empanachée* : décorée.
3. *Franges* : bordures.
4. *Poêle* : drap qui recouvre le cercueil pendant les funérailles.
5. *Débandé* : en désordre.
6. *Omnibus* : voiture tirée par des chevaux et transportant des voyageurs.
7. *En l'air* : en désordre.
8. *Surplis* : vêtement à manches larges que le prêtre porte sur sa soutane et
qui descend jusqu'aux genoux.

nef[1] tendue de noir, un catafalque[2] flamboie. Enfin, le cortège s'est casé, les femmes à gauche, les hommes à droite ; et les orgues roulent leurs lamentations, les chantres[3] gémissent sourdement, les enfants de chœur ont des sanglots aigus[4] ; tandis que, dans des torchères[5], brûlent de hautes flammes vertes, qui ajoutent leur pâleur funèbre à la pompe de la cérémonie.

«Est-ce que Faure[6] ne doit pas chanter ? demande un député à son voisin.

– Oui, je crois», répond le voisin, un ancien préfet, homme superbe qui sourit de loin aux dames.

Et, lorsque la voix du chanteur s'élève dans la nef frissonnante :

«Hein ! quelle méthode, quelle ampleur ! » reprend-il à demi-voix, en balançant la tête de ravissement.

Toute l'assistance est séduite. Les dames, un vague sourire aux lèvres, songent à leurs soirées de l'Opéra. Ce Faure a vraiment du talent ! Un ami du défunt va jusqu'à dire :

«Jamais il n'a mieux chanté !... C'est fâcheux que ce pauvre Verteuil ne puisse l'entendre, lui qui l'aimait tant ! »

Les chantres, en chapes[7] noires, se promènent autour du catafalque. Les prêtres, au nombre d'une vingtaine, compliquent le cérémonial, saluent, reprennent des phrases latines, agitent des goupillons[8]. Enfin, les assistants eux-mêmes défilent devant le

---

1. *Nef* : partie centrale de l'église.

2. *Catafalque* : estrade décorée sur laquelle on place le cercueil, ou décoration élevée au-dessus du cercueil.

3. *Chantres* : chanteurs pendant une cérémonie religieuse.

4. *Aigus* : perçants.

5. *Torchères* : grands chandeliers.

6. *Faure* : Jean-Baptiste Faure, chanteur baryton célèbre sous le Second Empire, qui prit sa retraite de l'Opéra en 1876.

7. *Chapes* : longs manteaux de cérémonie, sans manches.

8. *Goupillons* : manches de métal terminés par une boule, qui servent à asperger d'eau bénite.

cercueil, les goupillons circulent. Et l'on sort, après les poignées de main à la famille. Dehors, le plein jour aveugle la cohue.

C'est une belle journée de juin. Dans l'air chaud, des fils légers volent. Alors, devant l'église, sur la petite place, il y a des bousculades. Le cortège est long à se réorganiser. Ceux qui ne veulent pas aller plus loin, disparaissent. À deux cents mètres, au bout d'une rue, on aperçoit déjà les plumets du corbillard qui se balancent et se perdent, lorsque la place est encore tout encombrée de voitures. On entend les claquements des portières et le trot brusque des chevaux sur le pavé. Pourtant, les cochers prennent la file, le convoi se dirige vers le cimetière.

Dans les voitures, on est à l'aise, on peut croire qu'on se rend au Bois[1] lentement, au milieu de Paris printanier. Comme on n'aperçoit plus le corbillard, on oublie vite l'enterrement ; et des conversations s'engagent, les dames parlent de la saison d'été, les hommes causent de leurs affaires.

«Dites donc, ma chère, allez-vous encore à Dieppe[2], cette année ?

– Oui, peut-être. Mais ce ne serait jamais qu'en août... Nous partons samedi pour notre propriété de la Loire.

– Alors, mon cher, il a surpris la lettre, et ils se sont battus, oh ! très gentiment, une simple égratignure... Le soir, j'ai dîné avec lui au cercle. Il m'a même gagné vingt-cinq louis[3].

– N'est-ce pas ? la réunion des actionnaires est pour après-demain... On veut me nommer du comité. Je suis si occupé, je ne sais si je pourrai.»

Le cortège, depuis un instant, suit une avenue. Une ombre fraîche tombe des arbres, et les gaietés du soleil chantent dans les

---

1. *Bois* : bois de Boulogne, aménagé en parc sous Napoléon III en 1853, où se promenait la bonne société.
2. *Dieppe* : ville se trouvant au bord de la Manche, très à la mode sous le Second Empire.
3. *Louis* : ancienne pièce d'or française.

verdures. Tout d'un coup, une dame étourdie, qui se penche à une portière, laisse échapper.

200   «Tiens! c'est charmant par ici!»

Justement, le convoi entre dans le cimetière Montparnasse[1]. Les voix se taisent, on n'entend plus que le grincement des roues sur le sable des allées. Il faut aller tout au bout, la sépulture des Verteuil est au fond, à gauche : un grand tombeau de marbre

205   blanc, une sorte de chapelle, très ornée de sculptures. On pose le cercueil devant la porte de cette chapelle, et les discours commencent.

Il y en a quatre. L'ancien ministre retrace la vie politique du défunt, qu'il présente comme un génie modeste, qui aurait sauvé

210   la France, s'il n'avait pas méprisé l'intrigue[2]. Ensuite, un ami parle des vertus privées de celui que tout le monde pleure. Puis, un monsieur inconnu prend la parole comme délégué d'une société industrielle, dont le comte de Verteuil était président honoraire. Enfin, un petit homme à mine grise dit les regrets de l'Académie

215   des sciences morales et politiques.

Pendant ce temps, les assistants s'intéressent aux tombes voisines, lisent des inscriptions sur les plaques de marbre. Ceux qui tendent l'oreille, attrapent seulement des mots. Un vieillard, aux lèvres pincées, après avoir saisi ce bout de phrase : «... les

220   qualités du cœur, la générosité et la bonté des grands caractères...», hoche le menton, en murmurant :

«Ah bien! oui, je l'ai connu, c'était un chien fini!»

Le dernier adieu s'envole dans l'air. Quand les prêtres ont béni le corps, le monde se retire, et il n'y a plus, dans ce coin

225   écarté, que les fossoyeurs qui descendent le cercueil. Les cordes ont un frottement sourd, la bière[3] de chêne craque. M. le comte de Verteuil est chez lui.

---

1. *Cimetière Montparnasse* : cimetière situé dans le sud de Paris.

2. *L'intrigue* : les manigances, les combines.

3. *La bière* : le cercueil.

Et la comtesse, sur sa chaise longue, n'a pas bougé. Elle joue toujours avec le gland de sa ceinture, les yeux au plafond, perdue dans une rêverie, qui, peu à peu, fait monter une rougeur à ses joues de belle blonde.

II[1]

Mme Guérard est veuve. Son mari, qu'elle a perdu depuis huit ans, était magistrat. Elle appartient à la haute bourgeoisie et possède une fortune de deux millions. Elle a trois enfants, trois fils, qui, à la mort de leur père, ont hérité chacun de cinq
5 cent mille francs. Mais ces fils, dans cette famille sévère, froide et guindée, ont poussé comme des rejetons sauvages, avec des appétits et des fêlures[2] venus on ne sait d'où. En quelques années, ils ont mangé leurs cinq cent mille francs. L'aîné, Charles, s'est passionné pour la mécanique et a gâché un argent fou en inven-
10 tions extraordinaires. Le second, Georges, s'est laissé dévorer par les femmes. Le troisième, Maurice, a été volé par un ami, avec lequel il a entrepris de bâtir un théâtre. Aujourd'hui, les trois fils sont à la charge de la mère, qui veut bien les nourrir et les loger, mais qui garde sur elle par prudence les clés des armoires.
15 Tout ce monde habite un vaste appartement de la rue de Turenne, au Marais[3]. Mme Guérard a soixante-huit ans. Avec

---

1. On retrouvera la description de la bourgeoisie et ses conflits d'intérêt dans *Pot-Bouille* (1882).
2. Le thème de la fêlure est très important chez Zola car c'est sa manière de définir l'hérédité, motif qui fait le lien entre les différents romans des *Rougon-Macquart*.
3. *Marais* : quartier de Paris habité par la noblesse au XVIIIᵉ siècle, mais occupé ensuite par un nombre croissant d'ouvriers et d'artisans.

l'âge, les manies sont venues. Elle exige, chez elle, une tranquillité et une propreté de cloître[1]. Elle est avare, compte les morceaux de sucre, serre elle-même les bouteilles entamées, donne le linge
20 et la vaisselle au fur et à mesure des besoins du service. Ses fils sans doute[2] l'aiment beaucoup, et elle a gardé sur eux, malgré leurs trente ans et leurs sottises, une autorité absolue. Mais, quand elle se voit seule au milieu de ces trois grands diables, elle a des inquiétudes sourdes, elle craint toujours des demandes
25 d'argent, qu'elle ne saurait comment repousser. Aussi a-t-elle eu soin de mettre sa fortune en propriétés foncières[3] : elle possède trois maisons dans Paris et des terrains du côté de Vincennes. Ces propriétés lui donnent le plus grand mal[4] ; seulement, elle est tranquille, elle trouve des excuses pour ne pas donner de grosses
30 sommes à la fois.

Charles, Georges et Maurice, d'ailleurs, grugent[5] la maison le plus qu'ils peuvent. Ils campent là, se disputant les morceaux, se reprochant mutuellement leur grosse faim. La mort de leur mère les enrichira de nouveau ; ils le savent, et le prétexte leur
35 semble suffisant pour attendre sans rien faire. Bien qu'ils n'en causent jamais, leur continuelle préoccupation est de savoir comment le partage aura lieu ; s'ils ne s'entendent pas, il faudra vendre, ce qui est toujours une opération ruineuse. Et ils songent à ces choses sans aucun mauvais désir, uniquement parce qu'il
40 faut tout prévoir. Ils sont gais, bons enfants, d'une honnêteté moyenne ; comme tout le monde, ils souhaitent que leur mère vive le plus longtemps possible. Elle ne les gêne pas. Ils attendent, voilà tout.

---

1. De cloître : digne d'un monastère.
2. Sans doute : sans aucun doute (le sens de cette expression était plus affirmatif à l'époque qu'aujourd'hui).
3. En propriétés foncières : en biens immobiliers (c'est-à-dire en terrains et en bâtiments).
4. Lui donnent le plus grand mal : lui créent beaucoup de problèmes.
5. Grugent : volent.

Un soir, en sortant de table, Mme Guérard est prise d'un
45 malaise. Ses fils la forcent de se coucher, et ils la laissent avec
sa femme de chambre, lorsqu'elle leur assure qu'elle est mieux,
qu'elle a seulement une grosse migraine. Mais, le lendemain,
l'état de la vieille dame a empiré, le médecin de la famille, inquiet,
demande une consultation. Mme Guérard est en grand danger.
50 Alors, pendant huit jours, un drame se joue autour du lit de la
mourante.

Son premier soin, lorsqu'elle s'est vue clouée dans sa chambre
par la maladie, a été de se faire donner toutes les clés et de les
cacher sous son oreiller. Elle veut, de son lit, gouverner encore,
55 protéger ses armoires contre le gaspillage. Des luttes se livrent
en elle, des doutes la déchirent. Elle ne se décide qu'après de
longues hésitations. Ses trois fils sont là, et elle les étudie de ses
yeux vagues, elle attend une bonne inspiration.

Un jour, c'est dans Georges qu'elle a confiance. Elle lui fait
60 signe d'approcher, elle lui dit à demi-voix :

«Tiens, voilà la clé du buffet, prends le sucre[1]… Tu refermeras
bien et tu me rapporteras la clé.»

Un autre jour, elle se défie[2] de Georges, elle le suit du regard,
dès qu'il bouge, comme si elle craignait de lui voir glisser les
65 bibelots[3] de la cheminée dans ses poches. Elle appelle Charles,
lui confie une clé à son tour, en murmurant :

«La femme de chambre va aller avec toi. Tu la regarderas
prendre des draps et tu refermeras toi-même.»

Dans son agonie, c'est là son supplice : ne plus pouvoir
70 veiller aux dépenses de la maison. Elle se souvient des folies de
ses enfants, elle les sait paresseux, gros mangeurs, le crâne fêlé,
les mains ouvertes. Depuis longtemps, elle n'a plus d'estime
pour eux, qui n'ont réalisé aucun de ses rêves, qui blessent ses
habitudes d'économie et de rigidité. L'affection seule surnage

---

1. Au XIXe siècle, le sucre est un produit cher.
2. *Défie* : méfie.
3. *Bibelots* : petits objets décoratifs.

75 et pardonne. Au fond de ses yeux suppliants, on lit qu'elle leur demande en grâce d'attendre qu'elle ne soit plus là, avant de vider ses tiroirs et de se partager son bien.

Ce partage, devant elle, serait une torture pour son avarice expirante.

80 Cependant, Charles, Georges et Maurice se montrent très bons. Ils s'entendent, de façon à ce qu'un d'eux soit toujours près de leur mère. Une sincère affection paraît dans leurs moindres soins. Mais, forcément, ils apportent avec eux les insouciances du dehors, l'odeur du cigare qu'ils ont fumé, la préoccupation des
85 nouvelles qui courent la ville. Et l'égoïsme de la malade souffre de n'être pas tout pour ses enfants, à son heure dernière. Puis, lorsqu'elle s'affaiblit, ses méfiances mettent une gêne croissante entre les jeunes gens et elle. S'ils ne songeaient pas à la fortune dont ils vont hériter, elle leur donnerait la pensée de cet argent,
90 par la manière dont elle le défend jusqu'au dernier souffle. Elle les regarde d'un air si aigu, avec des craintes si claires, qu'ils détournent la tête. Alors, elle croit qu'ils guettent son agonie; et, en vérité, ils y pensent, ils sont ramenés continuellement à cette idée, par l'interrogation muette de ses regards. C'est elle qui fait
95 pousser en eux la cupidité[1]. Quand elle en surprend un rêveur, la face pâle, elle lui dit:

«Viens près de moi... À quoi réfléchis-tu?

– À rien, mère.»

Mais il a eu un sursaut. Elle hoche lentement la tête, elle
100 ajoute:

«Je vous donne bien du souci, mes enfants. Allez, ne vous tourmentez pas, je ne serai bientôt plus là.»

Ils l'entourent, ils lui jurent qu'ils l'aiment et qu'ils la sauveront. Elle répond que non, d'un signe entêté; elle s'enfonce
105 davantage dans sa défiance. C'est une agonie affreuse, empoisonnée par l'argent.

---

1. *La cupidité* : le désir excessif de gagner de l'argent.

La maladie dure trois semaines. Il y a déjà eu cinq consultations, on a fait venir les plus grandes célébrités médicales. La femme de chambre aide les fils de madame à la soigner ; et, malgré
110 les précautions, un peu de désordre s'est mis dans l'appartement. Tout espoir est perdu, le médecin annonce que, d'une heure à l'autre, la malade peut succomber.

Alors, un matin que ses fils la croient endormie, ils causent entre eux, près d'une fenêtre, d'une difficulté qui se présente.
115 On est au 15 juillet, elle avait l'habitude de toucher elle-même les loyers de ses maisons, et ils sont fort embarrassés[1], ne sachant comment faire rentrer cet argent. Déjà, les concierges ont demandé des ordres. Dans l'état de faiblesse où elle est, ils ne peuvent lui parler d'affaires. Cependant, si une catastrophe
120 arrivait, ils auraient besoin des loyers, pour parer à certains frais personnels.

« Mon Dieu ! dit Charles à demi-voix, je vais, si vous le voulez, me présenter chez les locataires… Ils comprendront la situation, ils paieront. »
125 Mais Georges et Maurice paraissent peu goûter[2] ce moyen. Eux aussi, sont devenus défiants.

« Nous pourrions t'accompagner, dit le premier. Nous avons tous les trois des dépenses à faire.

– Eh bien ! je vous remettrai l'argent… Vous ne me croyez pas
130 capable de me sauver avec, bien sûr !

– Non, mais il est bon que nous soyons ensemble. Ce sera plus régulier. »

Et ils se regardent, avec des yeux où luisent déjà les colères et les rancunes du partage. La succession est ouverte, chacun
135 veut s'assurer la part la plus large. Charles reprend brusquement, en continuant tout haut les réflexions que ses frères font tout bas :

---

1. *Fort embarrassés* : très ennuyés.
2. *Goûter* : apprécier.

«Écoutez, nous vendrons, ça vaudra mieux... Si nous nous querellons aujourd'hui, nous nous mangerons demain.»

140 Mais un râle leur fait vivement tourner la tête. Leur mère s'est soulevée, blanche, les yeux hagards, le corps secoué d'un frisson. Elle a entendu, elle tend ses bras maigres, elle répète d'une voix épouvantée :

«Mes enfants... mes enfants...»

145 Et une convulsion la rejette sur l'oreiller, elle meurt dans la pensée abominable que ses fils la volent.

Tous les trois, terrifiés, sont tombés à genoux devant le lit. Ils baisent les mains de la morte, ils lui ferment les yeux avec des sanglots. À ce moment, leur enfance leur revient au cœur, et ils 150 ne sont plus que des orphelins. Mais cette mort affreuse reste au fond d'eux, comme un remords et comme une haine.

La toilette de la morte est faite par la femme de chambre. On envoie chercher une religieuse pour veiller le corps. Pendant ce temps, les trois fils sont en courses ; ils vont déclarer le décès, 155 commander les lettres de faire-part, régler la cérémonie funèbre. La nuit, ils se relaient et veillent chacun à son tour avec la religieuse. Dans la chambre, dont les rideaux sont tirés, la morte est restée étendue au milieu du lit, la tête roide[1], les mains croisées, un crucifix d'argent sur la poitrine. À côté d'elle, brûle un cierge. Un 160 brin de buis[2] trempe au bord d'un vase plein d'eau bénite. Et la veillée s'achève dans le frisson du matin. La religieuse demande du lait chaud, parce qu'elle n'est pas à son aise[3].

Une heure avant le convoi, l'escalier s'emplit de monde. La porte cochère[4] est tendue de draperies noires, à frange d'argent. 165 C'est là que le cercueil est exposé, comme au fond d'une étroite

---

1. *Roide* : raide.
2. *Buis* : arbuste dont les branches sont utilisées pour des cérémonies religieuses.
3. *Elle n'est pas à son aise* : elle ne se sent pas bien.
4. *Porte cochère* : porte dont les dimensions permettent l'entrée d'une voiture dans la cour d'un bâtiment.

chapelle, entouré de cierges, recouvert de couronnes et de bouquets. Chaque personne qui entre prend un goupillon dans un bénitier, au pied de la bière, et asperge le corps. À onze heures, le convoi se met en marche. Les fils de la défunte condui-
170 sent le deuil. Derrière eux, on reconnaît des magistrats, quelques grands industriels, toute une bourgeoisie grave et importante, qui marche à pas comptés, avec des regards obliques sur les curieux arrêtés le long des trottoirs. Il y a, au bout du cortège, douze voitures de deuil. On les compte, on les remarque beaucoup dans
175 le quartier.

Cependant, les assistants s'apitoient sur Charles, Georges et Maurice, en habit, gantés de noir, qui marchent derrière le cercueil, la tête basse, le visage rougi de larmes. Du reste, il n'y a qu'un cri : ils enterrent leur mère d'une façon très convenable. Le corbillard
180 est de troisième classe, on calcule qu'ils en auront pour plusieurs milliers de francs. Un vieux notaire dit avec un fin sourire :

«Si Mme Guérard avait payé elle-même son convoi, elle aurait économisé six voitures.»

À l'église, la porte est tendue, les orgues jouent, l'absoute[1]
185 est donnée par le curé de la paroisse[2]. Puis, quand les assistants ont défilé devant le corps, ils trouvent à l'entrée de la nef les trois fils rangés sur une seule file, placés là pour recevoir les poignées de main des assistants qui ne peuvent aller jusqu'au cimetière. Pendant dix minutes, ils ont le bras tendu, ils serrent des mains
190 sans même reconnaître les gens, mordant leurs lèvres, rentrant leurs larmes. Et c'est un grand soulagement pour eux, lorsque l'église est vide et qu'ils reprennent leur marche lente derrière le corbillard.

Le caveau de famille des Guérard est au cimetière du Père-
195 Lachaise[3]. Beaucoup de personnes restent à pied, d'autres

---

1. Absoute : prière prononcée autour du cercueil, après la messe des morts.
2. Le curé de la paroisse : voir note 2, p. 51.
3. Cimetière du Père-Lachaise : cimetière de l'Est parisien.

montent dans les voitures de deuil. Le cortège traverse la place de la Bastille et suit la rue de la Roquette. Des passants lèvent les yeux, se découvrent. C'est un convoi riche, que les ouvriers de ce quartier populeux regardent passer, en mangeant des saucisses
200 dans des morceaux de pain fendus.

En arrivant au cimetière, le convoi tourne à gauche et se trouve tout de suite devant le tombeau : un petit monument, une chapelle gothique, qui porte sur son fronton[1] ces mots gravés en noir : FAMILLE GUÉRARD. La porte en fonte découpée, grande
205 ouverte, laisse apercevoir la table d'un autel, où des cierges brûlent. Autour du monument, d'autres constructions dans le même goût s'alignent et forment des rues ; on dirait la devanture d'un marchand de meubles, avec des armoires, des commodes, des secrétaires, fraîchement terminés et rangés symétriquement à
210 l'étalage. Les assistants sont distraits, occupés de cette architecture, cherchant un peu d'ombre sous les arbres de l'allée voisine. Une dame s'est éloignée pour admirer un rosier magnifique, un bouquet fleuri et odorant, qui a poussé sur une tombe.

Cependant, le cercueil a été descendu. Un prêtre dit les
215 dernières prières, tandis que les fossoyeurs, en veste bleue, attendent à quelques pas. Les trois fils sanglotent, les yeux fixés sur le caveau béant, dont on a enlevé la dalle ; c'est là, dans cette ombre fraîche, qu'ils viendront dormir à leur tour. Des amis les emmènent, quand les fossoyeurs s'approchent.

220 Et, deux jours plus tard, chez le notaire de leur mère, ils discutent, les dents serrées, les yeux secs, avec un emportement d'ennemis décidés à ne pas céder sur un centime. Leur intérêt serait d'attendre, de ne pas hâter la vente des propriétés. Mais ils se jettent leurs vérités à la face : Charles mangerait tout avec
225 ses inventions ; Georges doit avoir quelque fille qui le plume ; Maurice est certainement encore dans une spéculation folle, où il engloutirait leurs capitaux. Vainement, le notaire essaie de leur

---

1. *Son fronton* : la partie supérieure de sa façade.

Au XIXᵉ siècle, la mort tenait dans la vie quotidienne une place différente de celle d'aujourd'hui. On mourait chez soi et il n'était pas rare, dans les familles les plus riches, de faire peindre un portrait du mort que l'on accrochait ensuite au mur de la chambre. Plus tard dans le siècle, l'apparition de la photographie a popularisé cette pratique, immortalisant le proche disparu. Ici, deux grands écrivains sur leur lit de mort (voir dossier p. 122).

 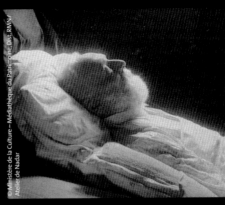

© Rue des Archives / Tallandier

© Ministère de la Culture – Médiathèque du Patrimoine, Dist. RMN / Atelier de Nadar

✦ Émile Zola le 30 septembre 1902, lendemain de sa mort, dans son appartement parisien. Il s'agit d'une photographie anonyme. Le décès de l'écrivain, asphyxié à cause d'une cheminée défectueuse, est entouré de mystère. On a accusé les antidreyfusards d'avoir volontairement bouché sa cheminée afin de provoquer sa mort.

✦ Victor Hugo par Félix Nadar en 1885 dans l'hôtel particulier de l'auteur situé à Paris, avenue... Victor-Hugo. Nadar est le seul photographe à avoir immortalisé ce visage. Il a tendu un drap sombre à l'arrière-plan pour renforcer le contraste entre le noir et le blanc.

© Collection Kharbine-Tapabor

✦ Autre rituel de la mort au XIXᵉ siècle : il était courant, à la mort d'une personnalité, de déclamer un éloge funèbre. Ici, Anatole France se prête à l'exercice lors des obsèques d'Émile Zola. Dans ce discours devenu célèbre, faisant référence à l'affaire Dreyfus, il décrit le père du naturalisme comme un « moment de la conscience humaine ».

✦ Ces deux tableaux, celui d'Henri Gervex (à gauche) et celui de Paul Langlois (à droite) sont datés de 1880, et s'inspirent du poème de Victor Hugo *Souvenir de la nuit du 4* qui raconte la mort d'un enfant lors d'une fusillade, le 4 décembre 1851, pendant l'insurrection qui a suivi le coup d'État de Louis-Napoléon Bonaparte (lire ci-contre et voir dossier p. 123).

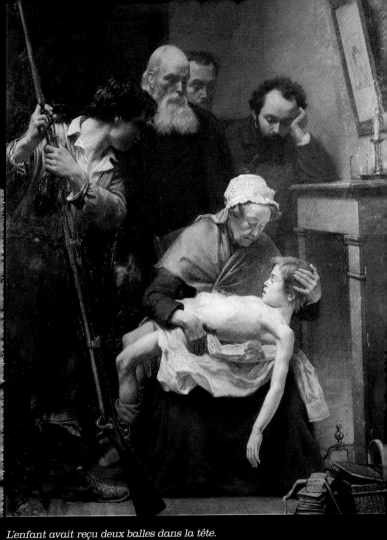

L'enfant avait reçu deux balles dans la tête.
Le logis était propre, humble, paisible, honnête ;
On voyait un rameau bénit sur un portrait.
Une vieille grand'mère était là qui pleurait.

Victor Hugo, « Souvenir de la nuit du 4 », *Les Châtiments*

De l'Impressionnisme à l'expressionnisme, la mort inspire les peintres. La vision sentimentale de Monet fait face à la crudité de Vallotton. Plus tard, en pleine naissance de l'art moderne, Cézanne reprend le genre de la vanité, une nature morte dont le but est de montrer que l'existence humaine est éphémère.

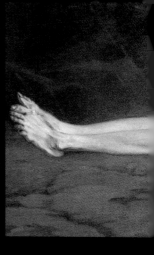

✦ Paul Cézanne, *Nature morte au crâne*, 1895.

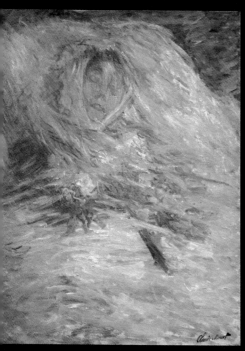

✦ *Camille sur son lit de mort*, Claude Monet, 1879.
Camille Monet était la première femme du peintre et l'un de ses modèles favoris. Elle posa également pour Manet et Renoir. Claude Monet était un ami de Zola qui a soutenu les Impressionnistes dès leurs débuts. Avec Cézanne, il est l'une des inspirations du personnage de Claude da l'*Œuvre*.

✦ Félix Vallotton *Le Cadavre*, 1894. Pour certains de ses tableaux, le peintre suisse fréquentait les amphithéâtres de médecine où il assistait à des dissections de cadavres. Il est aussi connu pour ses gravures satiriques.

✦ James Ensor, *Squelettes voulant se chauffer*, 1889. Toute sa vie, le peintre expressioniste belge a puisé son inspiration dans les caricatures, les masques et les squelettes. Sur le poêle éteint, on peut lire : « Pas de feu aujourd'hui. En aurez-vous demain ? »

◆ Zola photographe, vers 1890, autoportrait. C'est à l'automne de sa vie,
à partir de 1894, que Zola découvre la photographie. Il est aisé de comprendre
pourquoi l'écrivain naturaliste se passionne pour cette technique, installant plusieurs
laboratoires à Paris et dans sa maison de Médan. Il fait lui-même ses tirages
et met au point un déclencheur afin d'apparaître également sur les photos.

On conserve plusieurs milliers de clichés pris par Zola dont la qualité artistique est aujourd'hui reconnue. Parmi ses sujets de prédilection, on trouve la vie familiale, Paris, ou les natures mortes. Fasciné par l'Exposition universelle de 1900 qui doit faire le «bilan du siècle», Zola prend de nombreuses photographies, laissant un témoignage unique de l'événement. (Sur la naissance de la photographie et le naturalisme, voir dossier p. 122).

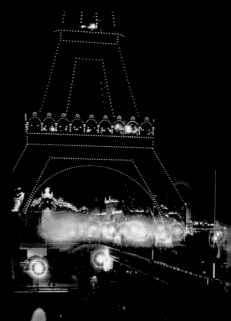

✦ Tour Eiffel lors de l'Exposition universelle de 1900. Photo d'Émile Zola.

✦ Le Château d'eau et le Palais de l'électricité. Le cliché est pris par Zola depuis le deuxième étage de la tour Eiffel. Le Palais de l'électricité montrait toutes les nouvelles applications de cette énergie et constituait l'un des lieux les plus visités.

La mort peut aussi être un sujet humoristique, comme en témoignent ces deux dessins parus dans la presse et cette toile étonnante de Van Gogh.

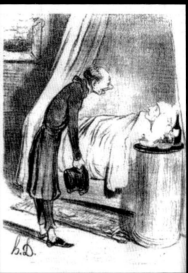

Pardon Monsieur, je suis courtier de Commerce, attaché aux pompes funèbres, et je venais voir... si Monsieur...

✦ Gravure d'Honoré Daumier. Daumier est célèbre pour ses dessins satiriques. Celui-ci dénonce l'avidité des gens qui viennent vendre des services de pompes funèbres jusque sur le lit de mort de leurs clients.

LE MAUVAIS PAS

✦ *Le Mauvais pas*, Félix Vallotton, 1893. Le peintre a été un célèbre dessinateur de presse, représentant la société avec une apparente impassibilité, un peu à la manière de Zola dans certaines nouvelles. Ici, on ne peut s'empêcher de voir une satire de la mort : le caractère solennel de l'instant est ridiculisé par un escalier trop étroit et le risque de faire un mauvais pas...

✦ Van Gogh, *Crâne de squelette fumant une cigarette*, 1886. Avant de se tourner vers le fauvisme, le célèbre peintre débuta sa carrière par une période réaliste où sa palette est sombre et ses thèmes grinçants,

faire conclure un arrangement à l'amiable. Ils se séparent, en menaçant de s'envoyer du papier timbré[1].

230   C'est la morte qui se réveille en eux, avec son avarice et ses terreurs d'être volée. Quand l'argent empoisonne la mort, il ne sort de la mort que de la colère. On se bat sur les cercueils.

---

1. *Du papier timbré* : des convocations au tribunal.

III[1]

M. Rousseau s'est marié à vingt ans avec une orpheline, Adèle Lemercier, qui en avait dix-huit. À eux deux, ils possédaient soixante-dix francs, le soir de leur entrée en ménage. Ils ont d'abord vendu du papier à lettres et des bâtons de cire à cacheter, sous une porte cochère. Puis, ils ont loué un trou, une boutique large comme la main, dans laquelle ils sont restés dix ans à élargir petit à petit leur commerce. Maintenant, ils possèdent un magasin de papeterie[2], rue de Clichy[3], qui vaut bien une cinquantaine de mille francs.

Adèle n'est pas d'une forte santé. Elle a toujours toussé un peu. L'air enfermé de la boutique, l'immobilité du comptoir, ne lui valent rien. Un médecin qu'ils ont consulté, lui a recommandé le repos et les promenades par les beaux temps. Mais ce sont là des ordonnances qu'on ne peut suivre, quand on veut vite amasser de petites rentes[4], pour les manger en paix. Adèle dit

---

1. On retrouvera la description du petit commerce et de ses difficultés dans *Au Bonheur des dames* (1883).
2. *Magasin de papeterie* : magasin où l'on vent du papier, des articles et des fournitures de bureau, d'école.
3. La rue de Clichy se trouve au nord de Paris.
4. *Rentes* : revenus périodiques que l'on reçoit d'un bien qu'on loue, d'un capital placé. Elles s'opposent donc au salaire que l'on touche comme résultat d'un travail.

qu'elle se reposera, qu'elle se promènera plus tard, lorsqu'ils auront vendu[1] et qu'ils se seront retirés en province.

M. Rousseau, lui, s'inquiète bien, les jours où il la voit pâle, avec des taches rouges sur les joues. Seulement, il a sa papeterie
20 qui l'absorbe, il ne saurait être sans cesse derrière elle, à l'empêcher de commettre des imprudences. Pendant des semaines, il ne trouve pas une minute pour lui parler de sa santé. Puis, s'il vient à entendre sa petite toux sèche, il se fâche, il la force à mettre son châle et à faire un tour avec lui aux Champs-Élysées[2]. Mais elle
25 rentre plus fatiguée, toussant davantage ; les tracas du commerce reprennent M. Rousseau ; la maladie est de nouveau oubliée, jusqu'à une nouvelle crise. C'est ainsi dans le commerce : on y meurt, sans avoir le temps de se soigner.

Un jour, M. Rousseau prend le médecin à part et lui demande
30 franchement si sa femme est en danger. Le médecin commence par dire qu'on doit compter sur la nature, qu'il a vu des gens beaucoup plus malades se tirer d'affaire. Puis, pressé de questions, il confesse que Mme Rousseau est phtisique[3], même à un degré assez avancé. Le mari est devenu blême, en entendant cet aveu.
35 Il aime Adèle, pour le long effort qu'ils ont fait ensemble, avant de manger du pain blanc[4] tous les jours. Il n'a pas seulement en elle une femme, il a aussi un associé, dont il connaît l'activité et l'intelligence. S'il la perd, il sera frappé à la fois dans son affection et dans son commerce. Cependant, il lui faut du courage, il
40 ne peut fermer sa boutique pour pleurer à son aise. Alors, il ne laisse rien voir, il tâche de ne pas effrayer Adèle en lui montrant

---

1. *Lorsqu'ils auront vendu* : lorsqu'ils auront vendu la boutique et le fonds de commerce.

2. Les Champs-Élysées sont l'avenue la plus célèbre et la plus luxueuse de Paris. Sous le Second Empire, c'est le lieu de la vie élégante.

3. *Phtisique* : atteinte de la tuberculose, maladie contagieuse qui affecte le plus souvent les poumons.

4. *Pain blanc* : pain à la mie blanche par opposition au pain noir, fabriqué à base de céréales et réservé aux pauvres.

des yeux rouges. Il reprend son train-train. Au bout d'un mois, quand il pense à ces choses tristes, il finit par se persuader que les médecins se trompent souvent. Sa femme n'a pas l'air plus malade. Et il en arrive à la voir mourir lentement, sans trop souffrir lui-même, distrait par ses occupations, s'attendant à une catastrophe, mais la reculant dans un avenir illimité.

Adèle répète parfois :

«Ah! quand nous serons à la campagne, tu verras comme je me porterai!... Mon Dieu! il n'y a plus que huit ans à attendre. Ça passera vite.»

Et M. Rousseau ne songe pas qu'ils pourraient se retirer tout de suite, avec de plus petites économies. Adèle ne voudrait pas, d'abord. Quand on s'est fixé un chiffre, on doit l'atteindre.

Pourtant, deux fois déjà, Mme Rousseau a dû prendre le lit. Elle s'est relevée, est redescendue au comptoir. Les voisins disent : «Voilà une petite femme qui n'ira pas loin.» Et ils ne se trompent pas. Juste au moment de l'inventaire, elle reprend le lit une troisième fois. Le médecin vient le matin, cause avec elle, signe une ordonnance d'une main distraite. M. Rousseau, prévenu, sait que le fatal dénouement approche. Mais l'inventaire le tient en bas, dans la boutique, et c'est à peine s'il peut s'échapper cinq minutes, de temps à autre. Il monte, quand le médecin est là ; puis, il s'en va avec lui et reparaît un instant avant le déjeuner ; il se couche à onze heures, au fond d'un cabinet où il a fait mettre un lit de sangle[1]. C'est la bonne, Françoise, qui soigne la malade. Une terrible fille, cette Françoise, une Auvergnate aux grosses mains brutales, d'une politesse et d'une propreté douteuses ! Elle bouscule la mourante, lui apporte ses potions d'un air maussade[2], fait un bruit intolérable en balayant la chambre, qu'elle laisse dans un grand désordre ; des fioles toutes poissées traînent sur la

1. *Lit de sangle* : lit formé d'un cadre sur lequel sont tendues des bandes de tissu.
2. *Maussade* : mécontent.

commode, les cuvettes ne sont jamais lavées, les torchons pendent aux dossiers des chaises ; on ne sait plus où mettre le pied, tant le carreau est encombré. Mme Rousseau, cependant, ne se plaint
75 pas et se contente de donner des coups de poing contre le mur, lorsqu'elle appelle la bonne et que celle-ci ne veut pas répondre. Françoise n'a pas qu'à la soigner ; il faut, en bas, qu'elle tienne la boutique propre, qu'elle fasse la cuisine pour le patron et les employés, sans compter les courses dans le quartier et les autres
80 besognes imprévues. Aussi Madame ne peut-elle exiger de l'avoir toujours auprès d'elle. On la soigne quand on a le temps.

D'ailleurs, même dans son lit, Adèle s'occupe de son commerce. Elle suit la vente, demande chaque soir comment ça marche. L'inventaire l'inquiète. Dès que son mari peut monter
85 quelques minutes, elle ne lui parle jamais de sa santé, elle le questionne uniquement sur les bénéfices probables. C'est un grand chagrin pour elle d'apprendre que l'année est médiocre, quatorze cents francs de moins que l'année précédente. Quand la fièvre la brûle, elle se souvient encore sur l'oreiller des comman-
90 des de la dernière semaine, elle débrouille des comptes[1], elle dirige la maison. Et c'est elle qui renvoie son mari, s'il s'oublie dans la chambre. Ça ne la guérit pas qu'il soit là, et ça compromet les affaires. Elle est sûre que les commis regardent passer le monde[2], elle lui répète :
95 « Descends, mon ami, je n'ai besoin de rien, je t'assure. Et n'oublie pas de t'approvisionner de registres[3], parce que voilà la rentrée des classes, et que nous en manquerions. »

Longtemps, elle s'abuse[4] sur son véritable état. Elle espère toujours se lever le lendemain et reprendre sa place au comptoir.
100 Elle fait même des projets : si elle peut sortir bientôt, ils iront

---

1. *Elle débrouille des comptes* : elle fait les comptes.
2. *Les commis regardent passer le monde* : les vendeurs restent à ne rien faire.
3. *Registres* : cahiers.
4. *S'abuse* : se trompe.

passer un dimanche à Saint-Cloud[1]. Jamais elle n'a eu un si gros désir de voir des arbres. Puis, tout d'un coup, un matin, elle devient grave. Dans la nuit, toute seule, les yeux ouverts, elle a compris qu'elle allait mourir. Elle ne dit rien jusqu'au soir, réfléchit, les regards au plafond. Et, le soir, elle retient son mari, elle cause tranquillement, comme si elle lui soumettait une facture.

« Écoute, dit-elle, tu iras chercher demain un notaire. Il y en a un près d'ici, rue Saint-Lazare.

– Pourquoi un notaire ? s'écrie M. Rousseau, nous n'en sommes pas là, bien sûr ! »

Mais elle reprend de son air calme et raisonnable :

« Possible ! Seulement, cela me tranquillisera, de savoir nos affaires en ordre… Nous nous sommes mariés sous le régime de la communauté, quand nous ne possédions rien ni l'un ni l'autre. Aujourd'hui que nous avons gagné quelques sous, je ne veux pas que ma famille puisse venir te dépouiller… Ma sœur Agathe n'est pas si gentille[2] pour que je lui laisse quelque chose. J'aimerais mieux tout emporter avec moi. »

Et elle s'entête, il faut que son mari aille le lendemain chercher le notaire. Elle questionne ce dernier longuement, désirant que les précautions soient bien prises et qu'il n'y ait pas de contestations. Quand le testament est fait et que le notaire est parti, elle s'allonge, en murmurant :

« Maintenant, je mourrai contente… J'avais bien gagné d'aller à la campagne, je ne peux pas dire que je ne regrette pas la campagne. Mais tu iras, toi… Promets-moi de te retirer dans l'endroit que nous avions choisi, tu sais, le village où ta mère est née, près de Melun[3]… Ça me fera plaisir. »

---

1. Saint-Cloud est une commune à l'ouest de Paris, à côté du bois de Boulogne, et célèbre pour son parc. C'est là que Napoléon III a été proclamé empereur le 1ᵉʳ décembre 1852.
2. *Si gentille* : assez gentille.
3. Melun est une commune située à une quarantaine de kilomètres au sud-est de Paris, le long de la Seine.

M. Rousseau pleure à chaudes larmes. Elle le console, lui
130 donne de bons conseils. S'il s'ennuie tout seul, il aura raison de
se remarier ; seulement, il devra choisir une femme un peu âgée,
parce que les jeunes filles qui épousent des veufs épousent leur
argent. Et elle lui indique une dame de leur connaissance, avec
laquelle elle serait heureuse de le savoir.

135 Puis, la nuit même, elle a une agonie affreuse. Elle étouffe,
demande de l'air. Françoise s'est endormie sur une chaise.
M. Rousseau, debout au chevet du lit, ne peut que prendre la
main de la mourante et la serrer, pour lui dire qu'il est là, qu'il
ne la quitte pas. Le matin, tout d'un coup, elle éprouve un grand
140 calme ; elle est très blanche, les yeux fermés, respirant lentement.
Son mari croit pouvoir descendre avec Françoise, pour ouvrir
la boutique. Quand il remonte, il trouve sa femme toujours très
blanche, raidie dans la même attitude ; seulement, ses yeux se
sont ouverts. Elle est morte.

145 Depuis trop longtemps, M. Rousseau s'attendait à la perdre.
Il ne pleure pas, il est simplement écrasé de lassitude[1]. Il redes-
cend, regarde Françoise remettre les volets de la boutique ; et,
lui-même, il écrit sur une feuille de papier : FERMÉ POUR CAUSE
DE DÉCÈS ; puis, il colle cette feuille sur le volet du milieu, avec
150 quatre pains à cacheter[2]. En haut, toute la matinée est employée
à nettoyer et à disposer la chambre. Françoise passe un torchon
par terre, fait disparaître les fioles, met près de la morte un cierge
allumé et une tasse d'eau bénite ; car on attend la sœur d'Adèle,
cette Agathe qui a une langue de serpent, et la bonne ne veut
155 pas qu'on puisse l'accuser de mal tenir le ménage. M. Rousseau
a envoyé un commis remplir les formalités nécessaires. Lui se
rend à l'église et discute longuement le tarif des convois. Ce n'est
pas parce qu'il a du chagrin qu'on doit le voler. Il aimait bien

---

1. De lassitude : d'abattement, de découragement.
2. Pains à cacheter : petits morceaux de pâte sèche, taillés en rond et aplatis,
qu'on mouille pour fermer une enveloppe.

sa femme, et, si elle peut encore le voir, il est certain qu'il lui fait
160 plaisir, en marchandant les curés et les employés des pompes
funèbres. Cependant, il veut, pour le quartier, que l'enterrement
soit convenable. Enfin, il tombe d'accord, il donnera cent soixante
francs à l'église et trois cents francs aux pompes funèbres. Il
estime qu'avec les petits frais, il n'en sera pas quitte[1] à moins de
165 cinq cents francs.

Quand M. Rousseau rentre chez lui, il aperçoit Agathe, sa
belle-sœur, installée près de la morte. Agathe est une grande
personne sèche, aux yeux rouges, aux lèvres bleuâtres et minces.
Depuis trois ans, le ménage était brouillé[2] avec elle et ne la voyait
170 plus. Elle se lève cérémonieusement, puis embrasse son beau-
frère. Devant la mort, toutes les querelles finissent. M. Rousseau
qui n'a pu pleurer, le matin, sanglote alors, en retrouvant sa
pauvre femme blanche et raide, le nez pincé davantage, la face si
diminuée, qu'il la reconnaît à peine. Agathe reste les yeux secs.
175 Elle a pris le meilleur fauteuil ; elle promène lentement ses regards
dans la chambre, comme si elle dressait un inventaire minutieux
des meubles qui la garnissent. Jusque-là, elle n'a pas soulevé la
question des intérêts, mais il est visible qu'elle est très anxieuse[3]
et qu'elle doit se demander s'il existe un testament.
180 Le matin des obsèques, au moment de la mise en bière, il
arrive que les pompes funèbres se sont trompées et ont envoyé
un cercueil trop court. Les croque-morts doivent aller en chercher
un autre. Cependant le corbillard attend devant la porte, le
quartier est en révolution. C'est là une nouvelle torture pour
185 M. Rousseau. Si encore ça ressuscitait sa femme, de la garder si
longtemps ! Enfin, on descend la pauvre Mme Rousseau, et le
cercueil ne reste exposé que dix minutes en bas, sous la porte,
tendue de noir. Une centaine de personnes attendent dans la

---

1. *Il n'en sera pas quitte* : il ne s'en sortira pas.
2. *Brouillé* : fâché.
3. *Anxieuse* : inquiète.

rue, des commerçants du quartier, les locataires de la maison, les
190 amis du ménage, quelques ouvriers en paletot[1]. Le cortège part,
M. Rousseau conduit le deuil.

Et, sur le passage du convoi, les voisines font un signe de
croix rapide, en parlant à voix basse. «C'est la papetière, n'est-ce
pas ? cette petite femme si jaune, qui n'avait plus que la peau et
195 les os. Ah bien ! elle sera mieux dans la terre ! Ce que c'est que de
nous pourtant ! Des commerçants très à leur aise, qui travaillaient
pour prendre du plaisir sur leurs vieux jours ! Elle va en prendre
maintenant, du plaisir, la papetière !» Et les voisines trouvent
M. Rousseau très bien, parce qu'il marche derrière le corbillard,
200 tête nue, tout seul, pâle et ses rares cheveux envolés dans le vent.

En quarante minutes, à l'église, les prêtres bâclent la cérémonie. Agathe, qui s'est assise au premier rang, semble compter les
cierges allumés. Sans doute, elle pense que son beau-frère aurait
pu y mettre moins d'ostentation[2] ; car, enfin, s'il n'y a pas de
205 testament et qu'elle hérite de la moitié de la fortune, elle devra
payer sa part du convoi. Les prêtres disent une dernière oraison[3],
le goupillon passe de main en main, et l'on sort. Presque tout
le monde s'en va. On a fait avancer les trois voitures de deuil,
dans lesquelles des dames sont montées. Derrière le corbillard,
210 il ne reste que M. Rousseau, toujours tête nue, et une trentaine
de personnes, les amis qui n'osent s'esquiver. Le corbillard est
simplement orné d'une draperie noire à frange blanche. Les
passants se découvrent et filent vite.

Comme M. Rousseau n'a pas de tombeau de famille, il a
215 simplement pris une concession[4] de cinq ans au cimetière

---

1. *Paletot* : manteau.
2. *Moins d'ostentation* : plus de discrétion, de modestie.
3. *Oraison* : prière.
4. *Concession* : terrain du cimetière cédé par la commune pour y enterrer les
morts d'une famille. La durée peut être de plusieurs années ou à perpétuité,
c'est-à-dire de façon définitive.

Montmartre[1], en se promettant d'acheter plus tard une concession à perpétuité, et d'exhumer[2] sa femme, pour l'installer définitivement chez elle.

Le corbillard s'arrête au bout d'une allée, et l'on porte à bras le cercueil parmi des tombes basses, jusqu'à une fosse, creusée dans la terre molle. Les assistants piétinent, silencieux. Puis, le prêtre se retire, après avoir mâché vingt paroles entre ses dents. De tous côtés s'étendent des petits jardins fermés de grilles, des sépultures garnies de giroflées[3] et d'arbres verts ; les pierres blanches, au milieu de ces verdures, semblent toutes neuves et toutes gaies. M. Rousseau est très frappé par la vue d'un monument, une colonne mince, surmontée de l'urne[4] symbolique. Le matin, un marbrier est venu le tourmenter avec des plans. Et il songe que, lorsqu'il achètera une concession à perpétuité, il fera mettre, sur la tombe de sa femme, une colonne pareille, avec ce joli vase.

Cependant, Agathe l'emmène, et de retour à la boutique, elle se décide enfin à parler intérêts. Quand elle apprend qu'il existe un testament, elle se lève toute droite, elle s'en va, en faisant claquer la porte. Jamais elle ne remettra les pieds dans cette baraque. M. Rousseau a toujours, par moments, un gros chagrin qui l'étrangle ; mais ce qui le rend bête surtout, la tête perdue et les membres inquiets, c'est que le magasin soit fermé, un jour de semaine.

---

1. *Cimetière Montmartre* : cimetière du Nord parisien.
2. *D'exhumer* : de déterrer.
3. *Giroflées* : fleurs odorantes.
4. *Urne* : vase.

IV[1]

Janvier a été dur. Pas de travail, pas de pain et pas de feu à la maison. Les Morisseau ont crevé la misère. La femme est blanchisseuse[2], le mari est maçon. Ils habitent aux Batignolles[3], rue Cardinet, dans une maison noire, qui empoisonne le quartier. Leur chambre, au cinquième, est si délabrée, que la pluie entre par les fentes du plafond. Encore ne se plaindraient-ils pas, si leur petit Charlot, un gamin de dix ans, n'avait besoin d'une bonne nourriture pour devenir un homme.

L'enfant est chétif, un rien le met sur le flanc[4]. Lorsqu'il allait à l'école, s'il s'appliquait en voulant tout apprendre d'un coup, il revenait malade. Avec ça, très intelligent, un crapaud trop gentil, qui a une conversation au-dessus de son âge. Les jours où ils n'ont pas de pain à lui donner, les parents pleurent comme des bêtes. D'autant plus que les enfants meurent ainsi que des mouches du haut en bas de la maison, tant c'est malsain.

---

1. Cette quatrième partie a paru à part le 31 janvier 1881, dans *Le Figaro*, sous le titre «Misère». On trouve la description des ouvriers pauvres dans *L'Assommoir* (1877) que Zola rédige au même moment.

2. *Blanchisseuse* : personne dont le métier est de nettoyer et de repasser le linge. C'est le métier de Gervaise dans *L'Assommoir*.

3. *Batignolles* : ancien village du nord-ouest de Paris, rattaché à la capitale en 1860 par un décret de Napoléon III.

4. *Le met sur le flanc* : l'épuise.

On casse la glace dans les rues. Même le père a pu se faire embaucher ; il déblaie les ruisseaux à coups de pioche, et le soir il rapporte quarante sous. En attendant que la bâtisse[1] reprenne, c'est toujours de quoi ne pas mourir de faim.

20 Mais, un jour, l'homme en rentrant trouve Charlot couché. La mère ne sait ce qu'il a. Elle l'avait envoyé à Courcelles[2], chez sa tante, qui est fripière, voir s'il ne trouverait pas une veste plus chaude que sa blouse de toile, dans laquelle il grelotte. Sa tante n'avait que de vieux paletots d'homme trop larges, et le petit est
25 rentré tout frissonnant, l'air ivre, comme s'il avait bu. Maintenant, il est très rouge sur l'oreiller, il dit des bêtises, il croit qu'il joue aux billes et il chante des chansons.

La mère a pendu un lambeau de châle devant la fenêtre, pour boucher un carreau cassé ; en haut, il ne reste que deux vitres
30 libres, qui laissent pénétrer le gris livide du ciel. La misère a vidé la commode, tout le linge est au Mont-de-Piété[3]. Un soir, on a vendu une table et deux chaises. Charlot couchait par terre ; mais, depuis qu'il est malade, on lui a donné le lit, et encore y est-il très mal, car on a porté poignée à poignée la laine du matelas chez
35 une brocanteuse, des demi-livres[4] à la fois, pour quatre ou cinq sous. À cette heure, ce sont le père et la mère qui couchent dans un coin, sur une paillasse[5] dont les chiens ne voudraient pas.

Cependant, tous deux regardent Charlot sauter dans le lit. Qu'a-t-il donc, ce mioche, à battre la campagne[6] ? Peut-être bien
40 qu'une bête l'a mordu ou qu'on lui a fait boire quelque chose de

---

1. *Que la bâtisse reprenne* : que les travaux de construction reviennent (les travaux s'arrêtent en hiver à cause du froid).
2. *Courcelles* : hameau voisin de la commune des Batignolles.
3. *Mont-de-Piété* : établissement, destiné en particulier aux pauvres, où l'on pouvait laisser des objets en dépôt contre un prêt d'argent. On avait la possibilité de récupérer l'objet plus tard en remboursant la somme.
4. *Demi-livres* : unités de masse, correspondant à 250 grammes.
5. *Paillasse* : enveloppe garnie de paille, de feuilles sèches, qui sert de matelas.
6. *Battre la campagne* : délirer (expression argotique).

mauvais. Une voisine, Mme Bonnet, est entrée ; et, après avoir flairé le petit, elle prétend que c'est un froid et chaud. Elle s'y connaît, elle a perdu son mari dans une maladie pareille.

La mère pleure en serrant Charlot entre ses bras. Le père sort
45 comme un fou et court chercher un médecin. Il en ramène un, très grand, l'air pincé, qui écoute dans le dos de l'enfant, lui tape sur la poitrine, sans dire une parole. Puis, il faut que Mme Bonnet aille prendre chez elle un crayon et du papier pour qu'il puisse écrire son ordonnance. Quand il se retire, toujours muet, la mère
50 l'interroge d'une voix étranglée.

« Qu'est-ce que c'est, monsieur ?

– Une pleurésie[1] », répond-il d'un ton bref, sans explication.

Puis, il demande à son tour :

« Êtes-vous inscrits au bureau de bienfaisance[2] ?
55 – Non, monsieur… Nous étions à notre aise, l'été dernier. C'est l'hiver qui nous a tués.

– Tant pis ! tant pis ! »

Et il promet de revenir. Mme Bonnet prête vingt sous pour aller chez le pharmacien. Avec les quarante sous de Morisseau,
60 on a acheté deux livres de bœuf, du charbon de terre et de la chandelle[3]. Cette première nuit se passe bien. On entretient le feu. Le malade, comme endormi par la grosse chaleur, ne cause plus. Ses petites mains brûlent. En le voyant écrasé sous la fièvre, les parents se tranquillisent ; et, le lendemain, ils restent hébétés,
65 repris d'épouvante, lorsque le médecin hoche la tête devant le lit, avec la grimace d'un homme qui n'a plus d'espoir.

Pendant cinq jours, aucun changement ne se produit. Charlot dort, assommé sur l'oreiller. Dans la chambre, la misère qui souffle plus fort, semble entrer avec le vent, par les trous de la

---

1. Pleurésie : inflammation de la membrane qui entoure les poumons. À cette époque, elle était souvent confondue avec la pneumonie.

2. Bureau de bienfaisance : service public qui distribue des aides aux pauvres.

3. De la chandelle : des bougies.

toiture et de la fenêtre. Le deuxième soir, on a vendu la dernière chemise de la mère ; le troisième, il a fallu retirer encore des poignées de laine, sous le malade, pour payer le pharmacien. Puis, tout a manqué, il n'y a plus rien eu.

Morisseau casse toujours la glace ; seulement, ses quarante sous ne suffisent pas. Comme ce froid rigoureux peut tuer Charlot, il souhaite le dégel, tout en le redoutant. Quand il part au travail, il est heureux de voir les rues blanches ; puis, il songe au petit qui agonise là-haut, et il demande ardemment un rayon de soleil, une tiédeur de printemps balayant la neige. S'ils étaient seulement inscrits au bureau de bienfaisance, ils auraient le médecin et les remèdes pour rien. La mère s'est présentée à la mairie, mais on lui a répondu que les demandes étaient trop nombreuses, qu'elle devait attendre. Pourtant, elle a obtenu quelques bons de pain[1] ; une dame charitable lui a donné cinq francs. Ensuite, la misère a recommencé.

Le cinquième jour, Morisseau apporte sa dernière pièce de quarante sous. Le dégel est venu, on l'a remercié[2]. Alors, c'est la fin de tout : le poêle[3] reste froid, le pain manque, on ne descend plus les ordonnances chez le pharmacien. Dans la chambre ruisselante d'humidité, le père et la mère grelottent, en face du petit qui râle. Mme Bonnet n'entre plus les voir, parce qu'elle est sensible et que ça lui fait trop de peine. Les gens de la maison passent vite devant leur porte. Par moments, la mère, prise d'une crise de larmes, se jette sur le lit, embrasse l'enfant, comme pour le soulager et le guérir. Le père, imbécile, reste des heures devant la fenêtre, soulevant le vieux châle, regardant le dégel ruisseler, l'eau tomber des toits, à grosses gouttes, et noircir la rue. Peut-être ça fait-il du bien à Charlot.

---

1. *Bons de pain* : papiers donnant droit à du pain gratuit.
2. *On l'a remercié* : on l'a renvoyé.
3. Le poêle est un ustensile de chauffage où l'on fait brûler un combustible, le plus souvent du charbon.

Un matin, le médecin déclare qu'il ne reviendra pas. L'enfant
est perdu.

«C'est ce temps humide qui l'a achevé», dit-il.

Morisseau montre le poing au ciel. Tous les temps font donc
crever le pauvre monde! Il gelait, et cela ne valait rien; il dégèle,
et cela est pis encore. Si la femme voulait, ils allumeraient un
boisseau[1] de charbon, ils s'en iraient tous les trois ensemble. Ce
serait plus vite fini.

Pourtant la mère est retournée à la mairie; on a promis de leur
envoyer des secours, et ils attendent. Quelle affreuse journée! Un
froid noir tombe du plafond; dans un coin, la pluie coule; il faut
mettre un seau, pour recevoir les gouttes. Depuis la veille, ils
n'ont rien mangé, l'enfant a bu seulement une tasse de tisane,
que la concierge a montée. Le père, assis devant la table, la tête
dans les mains, demeure stupide, les oreilles bourdonnantes. À
chaque bruit de pas, la mère court à la porte, croit que ce sont
enfin les secours promis. Six heures sonnent, rien n'est venu. Le
crépuscule est boueux, lent et sinistre comme une agonie.

Brusquement, dans la nuit qui augmente, Charlot balbutie
des paroles entrecoupées:

«Maman... Maman...»

La mère s'approche, reçoit au visage un souffle fort. Et elle
n'entend plus rien; elle distingue vaguement l'enfant, la tête
renversée, le cou raidi. Elle crie, affolée, suppliante:

«De la lumière! vite, de la lumière!... Mon Charlot, parle-
moi!»

Il n'y a plus de chandelle. Dans sa hâte, elle frotte des allumet-
tes, les casse entre ses doigts. Puis, de ses mains tremblantes, elle
tâte le visage de l'enfant.

«Ah! mon Dieu! il est mort!... Dis donc, Morisseau, il est
mort!»

Le père lève la tête, aveuglé par les ténèbres.

---

1. *Boisseau* : ancienne mesure de capacité, correspondant à 12,5 litres.

«Eh bien! que veux-tu? il est mort... Ça vaut mieux.»

Aux sanglots de la mère, Mme Bonnet s'est décidée à paraître avec sa lampe. Alors, comme les deux femmes arrangent proprement Charlot, on frappe : ce sont les secours qui arrivent, dix
135 francs, des bons de pain et de viande. Morisseau rit d'un air imbécile, en disant qu'ils manquent toujours le train, au bureau de bienfaisance.

Et quel pauvre cadavre d'enfant, maigre, léger comme une plume! On aurait couché sur le matelas un moineau tué par la
140 neige et ramassé dans la rue, qu'il ne ferait pas un tas plus petit.

Pourtant, Mme Bonnet, qui est redevenue très obligeante[1], explique que ça ne ressuscitera pas Charlot, de jeûner à côté de lui. Elle offre d'aller chercher du pain et de la viande, en ajoutant qu'elle rapportera aussi de la chandelle. Ils la laissent
145 faire. Quand elle rentre, elle met la table, sert des saucisses toutes chaudes. Et les Morisseau, affamés, mangent gloutonnement près du mort, dont on aperçoit dans l'ombre la petite figure blanche. Le poêle ronfle, on est très bien. Par moments, les yeux de la mère se mouillent. Des grosses larmes tombent sur son pain.
150 Comme Charlot aurait chaud! Comme il mangerait volontiers de la saucisse!

Mme Bonnet veut veiller à toute force[2]. Vers une heure, lorsque Morisseau a fini par s'endormir, la tête posée sur le pied du lit, les deux femmes font du café. Une autre voisine, une couturière
155 de dix-huit ans, est invitée; et elle apporte un fond de bouteille d'eau-de-vie, pour payer quelque chose. Alors, les trois femmes boivent leur café à petits coups, en parlant tout bas, en se contant des histoires de morts extraordinaires; peu à peu, leurs voix s'élèvent, leurs cancans[3] s'élargissent, elles causent de la maison, du
160 quartier, d'un crime qu'on a commis rue Nollet. Et, parfois, la

---

1. *Obligeante* : aimable.
2. *Veut veiller à toute force* : tient absolument à veiller.
3. *Cancans* : bavardages, ragots.

mère se lève, vient regarder Charlot, comme pour s'assurer qu'il n'a pas remué.

La déclaration n'ayant pas été faite le soir, il leur faut garder le petit le lendemain, toute la journée. Ils n'ont qu'une chambre, 165 ils vivent avec Charlot, mangent et dorment avec lui. Par instants, ils l'oublient ; puis, quand ils le retrouvent, c'est comme s'ils le perdaient une fois encore.

Enfin, le surlendemain, on apporte la bière, pas plus grande qu'une boîte à joujoux, quatre planches mal rabotées[1], fournies 170 gratuitement par l'administration, sur le certificat d'indigence[2]. Et, en route ! on se rend à l'église en courant. Derrière Charlot, il y a le père avec deux camarades rencontrés en chemin, puis la mère, Mme Bonnet et l'autre voisine, la couturière. Ce monde patauge dans la crotte jusqu'à mi-jambe. Il ne pleut pas, mais le 175 brouillard est si mouillé, qu'il trempe les vêtements. À l'église, on expédie la cérémonie. Et la course reprend sur le pavé gras.

Le cimetière est au diable[3], en dehors des fortifications[4]. On descend l'avenue de Saint-Ouen, on passe la barrière, enfin on arrive. C'est un vaste enclos, un terrain vague, fermé de murailles 180 blanches. Des herbes y poussent, la terre remuée fait des bosses, tandis qu'au fond il y a une rangée d'arbres maigres, salissant le ciel de leurs branches noires.

Lentement, le convoi avance dans la terre molle. Maintenant, il pleut ; et il faut attendre sous l'averse un vieux prêtre, qui se 185 décide à sortir d'une petite chapelle. Charlot va dormir au fond de la fosse commune. Le champ est semé de croix renversées par le vent, de couronnes pourries par la pluie, un champ de misère

---

1. *Mal rabotées* : mal aplanies.
2. *Certificat d'indigence* : papier qui prouve qu'ils n'ont pas les moyens de payer.
3. *Au diable* : très loin.
4. *Fortifications* : à cette époque, Paris était entouré d'une muraille, l'enceinte de Thiers construite entre 1841 et 1844, qui devait empêcher une armée étrangère de prendre la ville.

et de deuil, dévasté, piétiné, suant cet encombrement de cadavres qu'entassent la faim et le froid des faubourgs.

190 C'est fini. La terre coule, Charlot est au fond du trou, et les parents s'en vont, sans avoir pu s'agenouiller, dans la boue liquide où ils enfoncent. Dehors, comme il pleut toujours, Morisseau, qui a encore trois francs sur les dix francs du bureau de bienfaisance, invite les camarades et les voisines à prendre quelque chose, chez
195 un marchand de vin. On s'attable, on boit deux litres, on mange un morceau de fromage de Brie. Puis, les camarades, à leur tour, paient deux autres litres. Quand la société[1] rentre dans Paris, elle est très gaie.

---

1. *La société* : le groupe.

V[1]

Jean-Louis Lacour a soixante-dix ans. Il est né et a vieilli à La
Courteille, un hameau[2] de cent cinquante habitants, perdu dans
un pays de loups. En sa vie, il est allé une seule fois à Angers,
qui est à quinze lieues[3]. Mais il était si jeune, qu'il ne se souvient
5 plus. Il a eu trois enfants, deux fils, Antoine et Joseph, et une
fille, Catherine. Celle-ci s'est mariée; puis son mari est mort et
elle est revenue près de son père, avec un galopin de douze ans,
Jacquinet. La famille vit sur un petit bien, juste assez de terre
pour manger et ne pas aller tout nu. Ils ne sont point parmi les
10 malheureux du pays, mais il leur faut travailler dur. Ils gagnent
leur soupe à coups de pioche. Quand ils boivent un verre de vin,
ils l'ont sué.

La Courteille est au fond d'un vallon, avec des bois de tous les
côtés, qui l'enferment et la cachent. Il n'y a pas d'église, parce que

---

1. Cette cinquième partie a paru à part le 20 juin 1881, dans *Le Figaro*, sous
le titre «La Mort du paysan». Le texte est repris en 1885 dans un recueil
collectif, *Le Nouveau Décaméron*, et dans les *Annales politiques et littéraires* la
même année. On retrouvera d'ailleurs la description du monde paysan dans
La Terre (1887). Le texte reparaît seul une dernière fois en décembre 1895
dans *La Revue illustrée*.
2. *Hameau* : petit groupe de maisons, à la campagne, situées à l'écart d'un
village.
3. *Quinze lieues* : 60 kilomètres environ. Angers se trouve à environ 300 kilomètres de Paris.

la commune est trop pauvre ; c'est le curé des Cormiers qui vient
dire la messe, et, comme il lui faut faire deux lieues, il ne vient
que tous les quinze jours. Les maisons, une vingtaine de maisons
branlantes, sont jetées à la débandade[1] le long du chemin. Des
poules grattent le fumier devant les portes. Quand un étranger
20 passe sur la route, cela est si extraordinaire, que toutes les femmes
allongent la tête, tandis que les enfants, en train de se vautrer au
soleil, se sauvent avec des cris de bêtes effarouchées[2].

Jamais Jean-Louis n'a été malade. Il est grand et noueux[3]
comme un chêne. Le soleil a cuit et fendu sa peau, lui a donné la
25 couleur, la dureté et le calme des arbres. En vieillissant, il a perdu
sa langue. Il ne parle plus, trouvant la parole inutile. Ses regards
restent à terre, son corps s'est courbé dans l'attitude du travail.

L'année dernière, il était encore plus vigoureux que ses fils ;
il gardait pour lui les grosses besognes[4], silencieux dans son
30 champ, qui semblait le connaître et trembler. Mais, un jour, voici
deux mois, il est tombé et est resté deux heures en travers d'un
sillon, ainsi qu'un tronc abattu. Le lendemain, il s'est remis au
travail. Seulement, tout d'un coup ses bras s'en étaient allés, la
terre ne lui obéissait plus. Ses fils hochent la tête, sa fille veut
35 le retenir à la maison. Il s'entête, et on le fait accompagner par
Jacquinet, pour que l'enfant crie, si le grand-père tombe.

« Qu'est-ce que tu fais là, paresseux ? dit Jean-Louis au gamin,
qui ne le quitte pas. À ton âge, je gagnais mon pain.

– Grand-père, je vous garde », répond l'enfant.

40 Et ce mot donne une secousse au vieillard. Il n'ajoute rien. Le
soir, en rentrant, il se couche et ne se relève plus. Le lendemain,
quand les fils et la fille vont aux champs, ils entrent voir le père,

---

1. *À la débandade* : dans le désordre.

2. *Effarouchées* : effrayées.

3. *Noueux* : qui porte des nœuds, des bosses ressemblant à des nœuds. Ici,
l'expression désigne vraisemblablement l'aspect de ses muscles et de ses
veines.

4. *Les grosses besognes* : les gros travaux.

qu'ils n'entendent pas remuer. Ils le trouvent étendu sur le lit, les yeux ouverts, avec un air de réfléchir. Il a la peau si dure et
45 si tannée[1], qu'on ne peut pas savoir seulement la couleur de sa maladie.

«Eh bien? père, ça ne va donc pas?»

Il grogne, il dit non de la tête.

«Alors, vous ne venez pas, nous partons sans vous?»

50 Oui, il leur fait signe de partir sans lui. On a commencé la moisson[2], tous les bras sont nécessaires. Peut-être bien que, si l'on perdait une matinée, un orage viendrait et emporterait les gerbes[3]. Jacquinet lui-même suit sa mère et ses oncles. Le père Lacour reste seul. Le soir, quand les enfants reviennent, ils le
55 trouvent à la même place, toujours sur le dos, les yeux ouverts, avec son air de réfléchir.

«Eh bien! père, ça ne va pas mieux?»

Non, ça ne va pas mieux. Il grogne, il branle[4] la tête. Qu'est-ce qu'on pourrait bien lui faire? Catherine a l'idée de faire bouillir
60 du vin avec des herbes. Mais c'est trop fort, ça manque de le tuer. Joseph dit qu'on verra le lendemain, et tout le monde se couche.

Le lendemain, avant de partir pour la moisson, les fils et la fille restent un instant debout devant le lit. Décidément, le vieux est malade. Jamais il n'est resté comme ça sur le dos. On ferait
65 peut-être bien tout de même de faire venir le médecin. L'ennui, c'est qu'il faut aller à Rougemont; six lieues pour aller, six pour revenir, ça fait douze. On perdrait tout un jour. Le vieux, qui écoute les enfants, s'agite et semble se fâcher. Il n'a pas besoin de médecin. Ça coûte trop cher.

70 «Vous ne voulez pas? demande Antoine. Alors, nous pouvons aller travailler?»

---

1. *Tannée* : semblable au cuir par son aspect et sa couleur brune.
2. *Moisson* : récolte des céréales, en particulier du blé. Elle intervient généralement entre juin et septembre.
3. *Gerbes* : bottes d'épis liés ensemble.
4. *Branle* : remue.

Sans doute, ils peuvent aller travailler. Qu'est-ce qu'ils lui feraient, s'ils restaient là ? La terre a plus besoin d'être soignée que lui. Quand il crèverait[1], ce serait une affaire entre lui et le bon Dieu ;

75 tandis que tout le monde souffrirait, si la moisson était perdue. Et trois jours se passent, les enfants vont chaque matin aux champs, Jean-Louis ne bouge pas, tout seul, buvant à une cruche, lorsqu'il a soif. Il est comme un de ces vieux chevaux qui tombent de fatigue dans un coin et qu'on laisse mourir. Il a travaillé soixante ans, il

80 peut bien s'en aller maintenant, puisqu'il n'est plus bon à rien qu'à tenir de la place et à gêner les enfants. Est-ce qu'on hésite à abattre les arbres qui craquent ? Les enfants eux-mêmes n'ont pas une grosse douleur. La terre les a résignés à ces choses. Ils sont trop près de la terre pour lui en vouloir de reprendre le vieux. Un

85 coup d'œil le matin, un coup d'œil le soir ; ils ne peuvent pas faire davantage. Si le père s'en relevait tout de même, ça prouverait qu'il est solidement bâti. S'il meurt, c'est qu'il avait la mort dans le corps ; et tout le monde sait que, lorsqu'on a la mort dans le corps, rien ne l'en déloge[2], pas plus les signes de croix que les

90 médicaments. Une vache encore, ça se soigne, parce que, si on la sauve, c'est au moins quatre cents francs de gagnés.

Jean-Louis, le soir, interroge d'un regard les enfants sur la moisson. Quand il les entend compter les gerbes, parler du beau temps qui favorise la besogne, il a un clignement de paupières. Il

95 a été question une fois encore d'aller chercher le médecin, mais, décidément, c'est trop loin : Jacquinet resterait en route, et les hommes ne peuvent pas se déranger. Le vieux fait seulement demander le garde champêtre[3], un ancien camarade. Le père Nicolas est son aîné, car il a eu soixante-quinze ans à la Chande-

100 leur[4]. Lui, reste droit comme un peuplier. Il vient et s'assoit à côté

---

1. Quand il crèverait : même s'il mourait.

2. Déloge : fait sortir.

3. Garde champêtre : policier chargé de surveiller et protéger la campagne.

4. Chandeleur : fête catholique des chandelles, intervenant le 2 février, pour célébrer la présentation de Jésus au Temple et la purification de la Vierge Marie.

de Jean-Louis, en branlant la tête. Jean-Louis qui ne peut plus parler depuis le matin, le regarde de ses petits yeux pâlis. Le père Nicolas, peu causeur[1], le regarde aussi, n'ayant rien à lui dire. Et les deux vieillards restent ainsi face à face pendant une heure, 105 sans prononcer une parole, heureux de se voir, se rappelant sans doute des choses, bien loin, dans le passé. C'est ce soir-là que les enfants, au retour de la moisson, trouvent le père Lacour mort, étendu sur le dos, raide et les yeux en l'air.

Oui, le vieux est mort, sans remuer un membre. Il a soufflé 110 son dernier souffle droit devant lui, une haleine de plus dans la vaste campagne. Comme les bêtes qui se cachent et se résignent, il n'a pas dérangé les voisins, il a fait sa petite affaire tout seul, en regrettant peut-être de donner à ses enfants l'embarras de son corps[2].

115 «Le père est mort», dit l'aîné, Antoine, en appelant les autres. Et tous, Joseph, Catherine, Jacquinet lui-même, répètent :

«Le père est mort.»

Ça ne les étonne pas. Jacquinet allonge curieusement le cou, la femme tire son mouchoir, les deux garçons marchent sans 120 rien dire, la face grave et pâlie sous le hâle[3]. Il a tout de même joliment duré, il était encore solide, le vieux père ! Et les enfants se consolent avec cette idée, ils sont fiers de la solidité de la famille. La nuit, on veille le père jusqu'à dix heures, puis tout le monde s'endort ; et Jean-Louis reste de nouveau seul, avec ses 125 yeux ouverts. Dès le petit jour, Joseph part pour Les Cormiers, afin d'avertir le curé. Cependant, comme il y a encore des gerbes à rentrer, Antoine et Catherine s'en vont tout de même aux champs le matin, en laissant le corps à la garde de Jacquinet.

Le petit s'ennuie avec son grand-père, qui ne remue seulement 130 plus, et il sort par moments dans la rue du village, lance des

---

1. Causeur : bavard.

2. L'embarras de son corps : les problèmes que cause la nécessité d'enterrer son cadavre.

3. Hâle : bronzage dû au travail dans les champs.

pierres aux moineaux, regarde un colporteur[1] en train d'étaler des foulards devant deux voisines ; puis, quand il se souvient du vieux, il rentre vite, s'assure que le corps ne bouge toujours pas, et s'échappe bientôt pour voir deux chiens se battre. Comme il laisse la porte ouverte, les poules entrent, se promènent tranquillement autour du lit, piquant le sol battu, à grands coups de bec. Un coq rouge se dresse sur ses pattes, allonge le cou, arrondit son œil de braise, inquiet de ce corps dont il ne doit pas s'expliquer la présence ; c'est un coq prudent et sagace[2], qui sait que le vieux n'a pas l'habitude de rester couché après le soleil levé ; il finit par jeter son cri sonore de clairon[3], comprenant peut-être, chantant la mort du vieux, tandis que les poules sortent une à une en gloussant et en piquant la terre.

Le curé des Cormiers fait dire qu'il viendra seulement vers les quatre heures. Depuis le matin, on entend le charron[4] qui scie du bois et qui enfonce des clous. Ceux qui ne savent pas encore la nouvelle disent : «Tiens ! c'est que Jean-Louis est mort», parce que les gens de La Courteille connaissent bien ces bruits. Antoine et Catherine sont revenus, la moisson est terminée ; ils ne peuvent pas dire qu'ils sont mécontents, car depuis des années ils n'avaient vu de si beau grain. Toute la famille attend le curé, en s'occupant pour prendre patience : Catherine met la soupe au feu, Joseph tire de l'eau. On envoie Jacquinet voir si le trou a été fait au cimetière. Enfin, à cinq heures seulement, le curé arrive. Il est dans une carriole avec un gamin qui lui sert de clerc. Il descend devant la porte des Lacour, sort d'un morceau de papier une étole[5] et un surplis ; puis, il s'habille en disant :

---

1. *Colporteur* : marchand ambulant qui vend ses marchandises de porte en porte.
2. *Sagace* : malin.
3. *Clairon* : trompette.
4. *Charron* : celui qui fabrique les charrettes et leurs roues, et aussi les cercueils.
5. *Étole* : sorte d'écharpe que le prêtre porte autour du cou pendant certaines cérémonies religieuses.

«Dépêchez-vous! il faut que je sois rentré à sept heures.»

Pourtant personne ne se presse. On est obligé d'aller chercher
les deux voisins de bonne volonté qui doivent porter la civière[1].
Depuis cinquante ans, la même civière et le même drap noir
servent, mangés de vers, usés et blanchis. Ce sont les enfants qui
mettent le vieux dans la boîte que le charron a apportée, un vrai
coffre à pétrir le pain, tant les planches sont épaisses. Comme on
va partir, Jacquinet accourt et crie que le trou n'est pas tout à fait
creusé, mais que l'on peut venir tout de même.

Alors le prêtre marche le premier, en lisant à haute voix du
latin dans un livre. Le petit clerc le suit, tenant à la main un vieux
bénitier de cuivre, dans lequel trempe un goupillon. C'est seulement au milieu du village qu'un autre enfant sort de la grange
où l'on dit la messe tous les quinze jours, et prend la tête du
cortège, avec une grande croix emmanchée[2] au bout d'un bâton.
Puis, vient le corps sur la civière que deux paysans portent, et la
famille arrive ensuite. Tous les gens du village se joignent peu à
peu au cortège; une queue de galopins, nu-tête, débraillés, sans
souliers, ferme la marche.

Le cimetière est à l'autre bout de La Courteille. Aussi, les
paysans lâchent-ils la civière deux fois au beau milieu de la route;
ils soufflent un instant, crachent dans leurs mains, pendant que
le convoi s'arrête; et l'on repart, on entend le piétinement des
sabots sur la terre dure. Quand on arrive au cimetière, le trou,
en effet, n'est pas terminé; le fossoyeur est encore au fond, qui
travaille; on le voit s'enfoncer et reparaître, régulièrement, en
lançant des pelletées de terre.

Quel cimetière paisible, endormi sous le grand soleil! Une
haie l'entoure, une haie dans laquelle les fauvettes[3] font leurs nids.
Des ronces ont poussé, et les gamins viennent là, en septembre,

---

1. Civière : brancard muni de bras pour transporter les malades, les blessés,
les morts.

2. Emmanchée : accrochée.

3. Fauvettes : petits oiseaux au chant agréable.

manger des mûres. C'est comme un jardin en rase campagne, où tout grandit à l'aventure. Au fond, il y a des groseilliers énormes ; un poirier, dans un coin, est devenu grand comme un chêne ; au milieu, une allée de tilleuls fait une promenade fraîche, un ombrage sous lequel les vieux viennent fumer leur pipe en été. Le terrain désert et inculte[1] a de hautes herbes, des chardons superbes, des nappes fleuries où s'abattent des vols de papillons blancs. Le soleil brûle, des sauterelles crépitent, des mouches d'or ronflent dans le frisson de la chaleur. Et le silence est tout frémissant de vie, on entend la joie dernière des morts, la sève de cette terre grasse qui s'épanouit dans le sang rouge des coquelicots.

On a posé le cercueil à côté du trou, tandis que le fossoyeur continue à jeter des pelletées de terre. Le gamin qui porte la croix vient de la planter dans le sol, aux pieds du corps, et le curé, debout à la tête, continue à lire du latin dans son livre. Les assistants sont surtout très intéressés par le travail du fossoyeur. Ils entourent la fosse, suivant la pelle des yeux. Et quand ils se retournent, le curé s'en est allé avec les deux gamins, il n'y a plus là que la famille, qui attend.

Enfin la fosse est creusée.

« C'est assez profond, va ! » crie l'un des paysans qui ont porté le corps.

Et tout le monde aide pour descendre le cercueil. Ah ! le père Lacour sera bien dans le trou ! Il connaît la terre et la terre le connaît. Ils feront bon ménage ensemble. Voilà plus de cinquante ans qu'elle lui a donné ce rendez-vous, le jour où il l'a entamée de son premier coup de pioche. Leurs amours devaient finir par là ; la terre devait le prendre et le garder. Et quel bon repos ! Il entendra seulement les pattes légères des oiseaux sauter dans l'herbe. Personne ne marchera sur lui, il restera des années dans son coin, sans qu'on le dérange, car il ne meurt pas deux personnes par an à La Courteille, et les jeunes peuvent vieillir et mourir à leur tour,

---

1. *Inculte* : impropre à toute culture ; non cultivé.

²²⁰ sans déranger les anciens. C'est la mort paisible et ensoleillée, le sommeil sans fin au milieu de la sérénité des campagnes.

Les enfants se sont approchés. Catherine, Antoine, Joseph prennent une poignée de terre et la jettent sur le vieux. Jacquinet, qui a cueilli des coquelicots, les jette en même temps. Puis, ²²⁵ la famille rentre, les bêtes reviennent des champs, le soleil se couche, une nuit chaude endort le village.

DOSSIER

- Avez-vous bien lu ?
- Microlectures
- Le parcours du personnage
- Activités d'écriture
- Histoire des arts

Avez-vous bien lu ?

Vie et œuvre de Zola

1. Quelles sont les dates de vie et de mort de Zola ?
2. Quel est son cycle le plus célèbre ?
3. Comment Zola s'est-il engagé dans l'affaire Dreyfus ?
4. Avec quel peintre célèbre Zola était-il ami ?
5. Comment s'appelait la ville où Zola possédait une propriété ?
6. Comment s'appelle le courant littéraire lancé par Zola ? Pourquoi ?
7. De quel autre courant littéraire s'inspire-t-il ?
8. Quel roman de Zola l'a réellement rendu célèbre ?
9. À travers quel média a-t-il défendu ses idées ?
10. Comment s'appelle la revue où a été publiée la nouvelle « Comment on meurt » ?

« Comment on meurt »

1. Le comte et la comtesse s'entendent-ils bien ?
2. Pourquoi la comtesse n'assiste-t-elle pas à l'enterrement de son mari ?
3. Qu'est-ce qui rend l'agonie de Madame Guérard particulièrement difficile ?
4. Les trois fils parviennent-ils à s'entendre sur le partage de l'argent maternel ?
5. Dans quelle boutique les Rousseau travaillent-ils ?
6. Pourquoi Rousseau ne voit-il pas la maladie de sa femme ?
7. À quelle période de l'année se situe l'agonie de Charlot ?
8. Qu'est-ce qui est responsable de la mort de Charlot ?
9. Quel métier exerce Jean-Louis ?
10. Dans quel type de cimetière est-il enterré ?

Microlectures

Microlecture nº 1 : commencer un récit

(De « Le comte de Verteuil a cinquante-cinq ans » à « et ne répugner personne », p. 47-49, l. 1-74)

1. Les caractéristiques de l'*incipit*

A. Montrez que le cadre spatio-temporel demeure assez vague. Comment expliquer ce choix de Zola ?

B. Sur quels éléments Zola insiste-t-il quand il fait le portrait des personnages principaux ?

C. Comment l'action du récit est-elle lancée ? Quel point de vue est adopté à ce moment ?

2. Une description réaliste de l'aristocratie

A. Comment Zola décrit-il peu à peu le milieu de la vieille noblesse ?

B. En quoi les dialogues au style direct entre le comte et la comtesse participent-ils à la description de leur milieu social ?

C. Quelles sont les différentes manifestations du corps que l'on peut repérer dans ce texte ?

3. La satire de la haute noblesse

A. Relevez le champ lexical de la politesse et de la discrétion. Quels commentaires cela vous inspire-t-il ?

B. En quoi l'égoïsme est-il la motivation principale des personnages ?

C. Comment Zola dénonce-t-il ici le règne des apparences ?

Microlecture n° 2 : drame de l'avarice

(De « Un soir, en sortant de table » à « la malade peut succomber »,
p. 59-61, l. 44-112)

1. L'agonie

A. Quelles sont les différentes étapes de la maladie de Mme Guérard ?

B. Relevez le champ lexical de la guerre. En quoi peut-on le rapprocher
de l'étymologie du mot « agonie » ?

C. Comment Zola exprime-t-il la souffrance de Mme Guérard ?

2. Une tragédie

A. Comment le sujet des verbes, les dialogues et le point de vue
adopté mettent-ils Mme Guérard au centre du passage ?

B. En quoi les sentiments qui lient la mère et ses fils sont-ils ambi-
valents ?

C. Quels éléments donnent à ce texte une tonalité tragique ?

3. Les appétits et les fêlures

A. En quoi l'argent est-il l'élément central du passage ? Par quelle
métaphore est-il exprimé ?

B. Comment peut-on interpréter la signification de l'adjectif « fêlé » ?

C. Comment Mme Guérard est-elle rendue responsable de la situation ?

Microlecture n° 3 : la mort des pauvres

(De « Morisseau casse toujours la glace... » à « qu'il ne ferait pas un tas
plus petit », p. 80-82, l. 74-140)

1. La misère

A. Quels sont les éléments qui empêchent les Morisseau de travailler ?

B. Comment la misère est-elle suggérée par la description de la pièce ?

C. En quoi peut-on dire que les Morisseau s'enfoncent dans le
dénuement et la solitude ?

2. Une lente progression vers la mort

A. En quoi l'attente du bureau de bienfaisance rythme-t-il le texte et crée-t-elle un suspens ?

B. Comment Charlot est-il décrit ?

C. Quel lien symbolique peut-on établir entre le temps qu'il fait et la situation des Morisseau ?

3. Le pathétique

A. Comment la douleur pathétique des parents est-elle exprimée dans le texte ?

B. Par quels procédés Zola parvient-il à émouvoir le lecteur ?

C. En quoi le froid et l'arrivée des secours participent-ils du registre pathétique du texte ?

Microlecture n° 4 : la clôture du texte

(De « Le curé des Cormiers... » à « une nuit chaude endort le village », p. 90-93, p. 144-226)

1. La vie du village

A. Quels sont les activités et les métiers évoqués dans ce passage ?

B. Par quels lieux le cortège passe-t-il ?

C. Relevez le champ lexical des sentiments. Que remarquez-vous ?

2. La sérénité des campagnes

A. Comment Zola suggère-t-il la lenteur de l'enterrement ?

B. Quelle image de la nature est donnée dans ce passage ?

C. En quoi le portrait du curé s'oppose-t-il au reste du décor ? Pour quelle raison ?

3. Le lyrisme

A. Peut-on retrouver les cinq sens mentionnés dans ce passage ?

B. Comment interprétez-vous les exclamations de la fin du texte ?

C. Par quels procédés Zola montre-t-il que la vie continue après la mort ?

Le parcours du personnage

1. Les étapes d'une vie

Le groupement suivant propose quatre textes du XIXᵉ siècle qui permettent de retracer la vie d'un personnage selon une approche réaliste et naturaliste à travers quatre étapes : la naissance, la rencontre amoureuse, le mariage, l'expérience de la guerre. Cela permet également de voir comment le personnage est présenté en fonction de son milieu social.

La naissance : Émile Zola, *Pot-Bouille* (1882)

La naissance des personnages est rarement décrite, même dans les romans réalistes et naturalistes. Zola s'est attaqué au sujet dans son roman *Pot-Bouille* qui passe en revue les différentes intrigues se déroulant dans un immeuble parisien. Il y raconte l'histoire d'Adèle, la bonne des Josserand, âgée de vingt-deux ans, qui, enceinte, doit accoucher clandestinement. Dans l'extrait suivant, elle vient de comprendre qu'elle est sur le point d'avoir un enfant.

Non, il n'y avait pas de bon Dieu ! Sa dévotion se révoltait, sa résignation de bête de somme qui lui avait fait accepter sa grossesse comme une corvée de plus, finissait par lui échapper. Ce n'était donc pas assez de ne jamais manger à sa faim, d'être le souillon sale et gauche, sur lequel la maison entière tapait : il fallait que les maîtres lui fissent un enfant ! Ah ! les salauds ! Elle n'aurait pu dire seulement si c'était du jeune ou du vieux, car le vieux l'avait encore assommée, après le mardi gras. L'un et l'autre, d'ailleurs, s'en fichaient pas mal, maintenant qu'ils avaient eu le plaisir et qu'elle avait la peine ! Elle devrait aller accoucher sur leur paillasson, pour voir leur tête. Mais sa terreur la reprenait : on la jetterait en prison, il valait mieux tout avaler. La voix étranglée, elle répétait, entre deux crises :
– Salauds !… S'il est permis de vous coller une pareille affaire !… Mon Dieu ! je vais mourir !

Et, de ses deux mains crispées, elle se serrait les fesses davantage, ses pauvres fesses pitoyables, retenant ses cris, se dandinant toujours dans sa laideur douloureuse. Autour d'elle, on ne remuait pas, on ronflait ; elle entendait le bourdon sonore de Julie, tandis que, chez Lisa, il y avait un sifflement, une musique pointue de fifre.

Quatre heures venaient de sonner, lorsque, tout d'un coup, elle crut que son ventre crevait. Au milieu d'une douleur, il y eut une rupture, des eaux ruisselèrent, ses bas furent trempés. Elle resta un moment immobile, terrifiée et stupéfaite, avec l'idée qu'elle se vidait par là. Peut-être bien qu'elle n'avait jamais été enceinte ; et, dans la crainte d'une autre maladie, elle se regardait, elle voulait voir si tout le sang de son corps ne fuyait point. Mais elle éprouvait un soulagement, elle s'assit quelques minutes sur une malle. La chambre salie l'inquiétait, la bougie allait s'éteindre. Puis, comme elle ne pouvait plus marcher et qu'elle sentait la fin venir, elle eut encore la force d'étaler sur le lit une vieille toile cirée ronde, que Mme Josserand lui avait donnée, pour mettre devant sa table de toilette. Et elle était à peine recouchée, que le travail d'expulsion commença.

Alors, pendant près d'une heure et demie, se déclarèrent des douleurs dont la violence augmentait sans cesse. Les contractions intérieures avaient cessé, c'était elle maintenant qui poussait de tous les muscles de son ventre et de ses reins, dans un besoin de se délivrer du poids intolérable qui pesait sur sa chair. Deux fois encore, des envies illusoires la firent se lever, cherchant le pot d'une main égarée, tâtonnante de fièvre ; et, la seconde fois, elle faillit rester par terre. À chaque nouvel effort, un tremblement la secouait, sa face devenait brûlante, son cou se baignait de sueur, tandis qu'elle mordait les draps, pour étouffer sa plainte, le han ! terrible et involontaire du bûcheron qui fend un chêne. Quand l'effort était donné, elle balbutiait, comme si elle eût parlé à quelqu'un :

– C'est pas possible… il sortira pas… il est trop gros…

La gorge renversée, les jambes élargies, elle se cramponnait des deux mains au lit de fer, qu'elle ébranlait de ses secousses. C'étaient heureusement des couches superbes, une présentation franche du crâne. Par moments, la tête qui sortait, semblait vouloir rentrer, repoussée par l'élasticité des tissus, tendus à se rompre ; et des crampes atroces l'étreignaient à chaque reprise du travail, les grandes douleurs la bouclaient d'une ceinture de fer. Enfin, les os crièrent, tout lui parut se casser, elle eut la sensation épouvantée que son derrière et son devant éclataient, n'étaient plus qu'un trou par lequel coulait sa vie; et l'enfant roula sur le lit, entre ses cuisses, au milieu d'une mare d'excréments et de glaires sanguinolentes.

Elle avait poussé un grand cri, le cri furieux et triomphant des mères. Aussitôt, on remua dans les chambres voisines, des voix empâtées de sommeil disaient : «Eh bien! quoi donc? on assassine!... Y en a une qu'on prend de force!... Rêvez donc pas tout haut!» Inquiète, elle avait repris le drap entre les dents, elle serrait les jambes et ramenait la couverture en tas sur l'enfant, qui lâchait des miaulements de petit chat. Mais elle entendit Julie ronfler de nouveau, après s'être retournée; pendant que Lisa, rendormie, ne sifflait même plus. Alors, elle goûta pendant un quart d'heure un soulagement immense, une douceur infinie de calme et de repos. Elle était comme morte, elle jouissait de ne plus être.

Puis, les coliques reparurent. Une peur l'éveillait : est-ce qu'elle allait en avoir un second? Le pis était qu'en rouvrant les yeux, elle venait de se trouver en pleine obscurité. Pas même un bout de chandelle! et être là, toute seule, dans du mouillé, avec quelque chose de gluant entre les cuisses, dont elle ne savait que faire! Il y avait des médecins pour les chiens, mais il n'y en avait pas pour elle. Crève donc, toi et ton petit! Elle se souvenait d'avoir donné un coup de main chez Mme Pichon, la dame d'en face, quand elle était accouchée. En prenait-on des précautions, de crainte de l'abîmer! Cependant, l'enfant ne miaulait plus, elle allongea la main, chercha, rencontra un boyau qui lui sortait du ventre; et l'idée lui revint qu'elle avait vu nouer et couper ça. Ses yeux s'accoutumaient aux ténèbres, la lune qui se levait éclairait vaguement la chambre. Alors, moitié à tâtons, moitié guidée par un instinct, elle fit, sans se lever, une besogne longue et pénible, décrocha derrière sa tête un tablier, en cassa un cordon, puis noua le boyau et le coupa avec des ciseaux pris dans la poche de sa jupe. Elle était en sueur, elle se recoucha. Ce pauvre petit, bien sûr, elle n'avait pas envie de le tuer.

Mais les coliques continuaient, c'était comme une affaire qui la gênait encore et que des contractions chassaient. Elle tira sur le boyau, d'abord doucement, puis très fort. Ça se détachait, tout un paquet finit par tomber, et elle s'en débarrassa en le jetant dans le pot. Cette fois, grâce à Dieu ! c'était bien fini, elle ne souffrait plus. Du sang tiède coulait seulement le long de ses jambes.

Zola, Pot-Bouille, chapitre XVIII (1882).

1. Zola va particulièrement loin dans la description de l'accouchement. En quoi ce passage est-il typiquement naturaliste ?

2. Comment sont dénoncés ici l'égoïsme bourgeois et la situation des domestiques ?

3. Quels éléments annoncent l'avenir de l'enfant d'Adèle, qui sera abandonné ?

La rencontre amoureuse : Flaubert, *L'Éducation sentimentale* (1869)

Nouvellement reçu bachelier, un jeune homme de dix-huit ans, Frédéric Moreau, quitte provisoirement Paris pour Nogent-sur-Seine. Il y retournera deux mois plus tard pour faire des études de droit. Sur le bateau qui le ramène vers sa mère, il rencontre Madame Arnoux. Et c'est le « coup de foudre ».

Ce fut comme une apparition :
Elle était assise, au milieu du banc, toute seule ; ou du moins il ne distingua personne, dans l'éblouissement que lui envoyèrent ses yeux. En même temps qu'il passait, elle leva la tête ; il fléchit involontairement les épaules ; et, quand il se fut mis plus loin, du même côté, il la regarda.
Elle avait un large chapeau de paille, avec des rubans roses qui palpitaient au vent, derrière elle. Ses bandeaux noirs, contournant la pointe de ses grands sourcils, descendaient très bas et semblaient presser amoureusement l'ovale de sa figure. Sa robe de mousseline

claire, tachetée de petits pois, se répandait à plis nombreux. Elle était en train de broder quelque chose ; et son nez droit, son menton, toute sa personne se découpait sur le fond de l'air bleu.

Comme elle gardait la même attitude, il fit plusieurs tours de droite et de gauche pour dissimuler sa manœuvre ; puis il se planta tout près de son ombrelle, posée contre le banc, et il affectait d'observer une chaloupe sur la rivière.

Jamais il n'avait vu cette splendeur de sa peau brune, la séduction de sa taille, ni cette finesse des doigts que la lumière traversait. Il considérait son panier à ouvrage avec ébahissement, comme une chose extraordinaire. Quels étaient son nom, sa demeure, sa vie, son passé ? Il souhaitait connaître les meubles de sa chambre, toutes les robes qu'elle avait portées, les gens qu'elle fréquentait ; et le désir de la possession physique même disparaissait sous une envie plus profonde, dans une curiosité douloureuse qui n'avait pas de limites.

Une négresse, coiffée d'un foulard, se présenta, en tenant par la main une petite fille, déjà grande. L'enfant, dont les yeux roulaient des larmes, venait de s'éveiller. Elle la prit sur ses genoux. «Mademoiselle n'était pas sage, quoiqu'elle eût sept ans bientôt ; sa mère ne l'aimerait plus ; on lui pardonnait trop ses caprices.» Et Frédéric se réjouissait d'entendre ces choses, comme s'il eût fait une découverte, une acquisition.

Il la supposait d'origine andalouse, créole peut-être ; elle avait ramené des îles cette négresse avec elle ?

Cependant, un long châle à bandes violettes était placé derrière son dos, sur le bordage de cuivre. Elle avait dû, bien des fois, au milieu de la mer, durant les soirs humides, en envelopper sa taille, s'en couvrir les pieds, dormir dedans ! Mais, entraîné par les franges, il glissait peu à peu, il allait tomber dans l'eau, Frédéric fit un bond et le rattrapa. Elle lui dit :

– Je vous remercie, monsieur.

Leurs yeux se rencontrèrent.

– Ma femme, es-tu prête ? cria le sieur Arnoux, apparaissant dans le capot de l'escalier.

Flaubert, *L'Éducation sentimentale*, Première partie, chapitre I (1869).

1. Quel est le point de vue adopté ? Comment ce passage repose-t-il sur les regards ?

2. Comment est construite l'opposition entre immobilité et mouvement ?

3. Quels indices suggèrent la suite de l'histoire ?

Le mariage :
Émile Zola, « Comment on se marie » (1876)

Dans « Comment on se marie » (voir la présentation, p. 25-26), Zola se livre à la description de quatre mariages dans quatre milieux sociaux différents. Dans la première partie du récit, il s'intéresse à celui du comte Maxime de La Roche-Mablon, qui appartient à la vieille noblesse. Il a trente-deux ans quand sa tante, Mme de Bussière, organise son mariage avec Mlle Henriette de Salneuve qui a dix-neuf ans et qu'il n'a rencontrée que cinq fois.

Le mariage civil a eu lieu un lundi, un jour où l'on ne marie pas d'ordinaire à la mairie. La mariée a une robe de soie grise, très simple ; le marié est en redingote et en pantalon clair. Pas une invitation n'a été faite, il n'y a là que la famille et les quatre témoins, des personnages considérables. Pendant que le maire lit les articles du Code, les regards de Maxime et d'Henriette se rencontrent, et ils se sourient. Quelle langue barbare cette langue de la loi ! Est-ce que vraiment le mariage est une chose si terrible que cela ? Ils disent, l'un après l'autre, le « oui » solennel, sans la moindre émotion, le maire étant un petit homme presque bossu, dont la chétive personne manque de majesté. La baronne, en toilette sombre, regarde la salle avec un binocle, trouve que la loi est logée bien pauvrement. En quittant la mairie, Maxime et Henriette laissent chacun mille francs pour les pauvres.

Mais toute la pompe, toutes les larmes d'attendrissement sont réservées pour la cérémonie religieuse. Afin de n'être pas confondu avec les noces vulgaires, on a choisi une église privée, la petite chapelle des Missions. Cela donne tout de suite au mariage un parfum de piété supérieure. C'est Mgr Félibien, un évêque du Midi, quelque peu parent des Salneuve, qui doit bénir l'union. Le grand jour arrive, la chapelle se trouve trop petite; trois rues voisines sont barrées par les équipages; à l'intérieur, dans le demi-jour des vitraux, c'est un froissement d'étoffes riches, un murmure discret de voix. On a mis des tapis partout. Il y a cinq rangées de fauteuils devant l'autel. Toute la noblesse de France est là chez elle, avec son Dieu. Cependant, Maxime, en habit irréprochable, paraît un peu pâle. Henriette arrive, toute blanche dans un nuage de tulle; elle aussi est très émue, elle a les yeux rouges, elle a pleuré. Quand Mgr Félibien étend les mains sur leurs têtes, tous deux restent courbés quelques secondes, avec une ferveur qui produit la meilleure impression. Puis, l'évêque parle des devoirs des époux d'une voix chantante. Et la famille essuie des larmes, Mme de Bussière surtout, qui a été très malheureuse en ménage. La cérémonie s'achève, au milieu des odeurs d'encens, dans la magnificence des cierges allumés. Ce n'est point un luxe bourgeois, mais une distinction suprême, raffinant la religion pour l'usage des gens bien nés. Jusqu'aux dernières poignées de main échangées, après la signature des pièces, l'église reste un salon.

Le soir, on dîne en famille, portes et fenêtres closes. Et brusquement, vers minuit, lorsque Henriette grelotte dans son lit d'épouse, la face tournée vers le mur, elle sent Maxime qui lui pose un baiser sur les cheveux. Il est entré, derrière les parents, sans faire de bruit. Elle jette un cri, le supplie de la laisser seule. Lui, sourit, la traite en enfant qu'on cherche à rassurer. Il est trop galant homme pour ne pas mettre d'abord tous les ménagements possibles. Mais il connaît les femmes, il sait de quelle façon on doit procéder avec elles. Il reste donc là, à lui baiser les mains, avec des caresses de parole. Elle n'a rien à craindre, n'est-il pas son mari, ne doit-il pas veiller sur sa chère existence? Puis, comme elle s'effare de plus en plus et se met à sangloter en appelant sa mère, il croit devoir brusquer un peu les choses, pour éviter que la situation ne tourne au ridicule. D'ailleurs, il demeure homme du monde, déplace la lampe, se souvient fort à propos de la façon dont il a débuté avec la petite Laurence, des Folies, qui ne voulait pas de lui, à la suite d'un souper. Henriette est beaucoup mieux élevée que Laurence, elle ne l'égratigne pas, ne lui lance pas de coups de pied. C'est à peine si elle se débat dans un frisson de peur ; et elle lui appartient pleurante, fiévreuse, n'osant plus ouvrir les yeux. Toute la nuit, elle pleure, collant sa bouche à l'oreiller pour qu'il ne l'entende pas. Cet homme allongé à côté d'elle, lui cause une répugnance terrifiée. Ah ! quelle horrible chose, pourquoi ne lui a-t-on jamais parlé de cela ? elle ne se serait pas mariée. Ce viol du mariage, sa longue jeunesse rigide et d'ignorance aboutissant à cette initiation brutale, lui apparaît comme un malheur irréparable dont elle ne se consolera pas.

Quatorze mois plus tard, monsieur n'entre plus dans la chambre de madame. Ils ont eu une lune de miel de trois semaines. La cause de la rupture a été très délicate. Maxime, habitué à la grande Antonia, a voulu faire une maîtresse d'Henriette, et celle-ci, de sens endormis encore, de nature froide, s'est refusée à certains caprices. D'autre part, ils ont découvert, dès le deuxième jour, qu'ils ne s'entendraient jamais ensemble. Maxime est d'un tempérament sanguin, violent et entêté. Henriette a une grande langueur, une tranquillité de gestes énervante, tout en montrant, pour le moins, un entêtement pareil. Aussi s'accusent-ils, l'un et l'autre, d'une méchanceté noire. Mais, comme des personnes de leur rang doivent toujours sauver les apparences, ils vivent dans des termes de grande politesse. Ils font prendre de leurs nouvelles chaque matin, se quittent le soir avec un salut cérémonieux. Ils sont plus étrangers que s'ils habitaient à des milliers de lieues, lorsqu'un salon seulement sépare leurs chambres.

Cependant Maxime s'est remis avec Antonia. Il a renoncé complètement à l'idée d'entrer dans la diplomatie. C'était sot, cette idée. Un de La Roche-Mablon n'a pas besoin d'aller se compromettre dans la politique, par ces temps de cohue démocratique. Ce qui le fait sourire parfois, quand il rencontre la baronne de Bussière, c'est de songer qu'il s'est marié d'une façon si absolument inutile. D'ailleurs, il ne regrette rien. Le titre, la fortune, tout y est. De nouveau, il fait courir, passe ses nuits au cercle, mène la haute vie d'un gentilhomme de grande race.

Henriette s'est d'abord beaucoup ennuyée. Puis, elle a goûté vivement la liberté du mariage. Elle fait atteler dix fois par jour, court les magasins, va voir des amies, jouit du monde. Elle a tous les bénéfices d'une jeune veuve. Jusqu'ici, sa grande tranquillité de tempérament l'a sauvée des fautes graves. C'est tout au plus si elle s'est laissé baiser les doigts. Mais il y a des heures où elle se trouve bien sotte. Et elle est à discuter avec elle, posément, si elle doit prendre un amant, l'hiver prochain.

Zola, «Comment on se marie», I (1876).

1. En quoi le mariage civil et le mariage religieux sont-ils opposés dans ce texte ?

2. Comment la nuit de noces montre-t-elle l'écart qui sépare les deux époux ?

3. Comparez ce passage avec la partie I de «Comment on meurt». Quels rapprochements peut-on remarquer ?

Le baptême du feu :
Stendhal, *La Chartreuse de Parme* (1839)

Le marquis Fabrice del Dongo est un aristocrate naïf qui voue un culte à Napoléon. À dix-sept ans, il apprend le retour de son héros de l'île d'Elbe et cherche à le rejoindre. Arrêté, il s'évade et se retrouve au cœur de la bataille de Waterloo, le 18 juin 1815.

Nous avouerons que notre héros était fort peu héros en ce moment. Toutefois, la peur ne venait chez lui qu'en seconde ligne ; il était surtout scandalisé de ce bruit qui lui faisait mal aux oreilles. L'escorte prit le galop ; on traversait une grande pièce de terre labourée, située au-delà du canal, et ce champ était jonché de cadavres.

– Les habits rouges ! les habits rouges ! criaient avec joie les hussards de l'escorte, et d'abord Fabrice ne comprenait pas ; enfin il remarqua qu'en effet presque tous les cadavres étaient vêtus de rouge. Une circonstance lui donna un frisson d'horreur ; il remarqua que beaucoup de ces malheureux habits rouges vivaient encore ; ils criaient évidemment pour demander du secours, et personne ne s'arrêtait pour leur en donner. Notre héros, fort humain, se donnait toutes les peines du monde pour que son cheval ne mît les pieds sur aucun habit rouge. L'escorte s'arrêta ; Fabrice, qui ne faisait pas assez d'attention à son devoir de soldat, galopait toujours en regardant un malheureux blessé.

– Veux-tu bien t'arrêter, blanc-bec ! lui cria le maréchal des logis. Fabrice s'aperçut qu'il était à vingt pas sur la droite en avant des généraux, et précisément du côté où ils regardaient avec leurs lorgnettes. En revenant se ranger à la queue des autres hussards restés à quelques pas en arrière, il vit le plus gros de ces généraux qui parlait à son voisin, général aussi, d'un air d'autorité et presque de réprimande ; il jurait. Fabrice ne put retenir sa curiosité ; et, malgré le conseil de ne point parler, à lui donné par son amie la geôlière, il arrangea une petite phrase bien française, bien correcte, et dit à son voisin :

– Quel est-il ce général qui *gourmande* son voisin ?

– Pardi, c'est le maréchal !

– Quel maréchal ?

– Le maréchal Ney, bêta ! Ah çà ! où as-tu servi jusqu'ici ?

Fabrice, quoique fort susceptible, ne songea point à se fâcher de l'injure ; il contemplait, perdu dans une admiration enfantine, ce fameux prince de la Moskova, le brave des braves.

Tout à coup on partit au grand galop. Quelques instants après, Fabrice vit, à vingt pas en avant, une terre labourée qui était remuée d'une façon singulière. Le fond des sillons était plein d'eau, et la terre fort humide, qui formait la crête de ces sillons, volait en petits fragments noirs lancés à trois ou quatre pieds de haut. Fabrice remarqua en passant cet effet singulier ; puis sa pensée se remit à songer à la gloire du maréchal. Il entendit un cri sec auprès de lui : c'étaient deux hussards qui tombaient atteints par des boulets ; et, lorsqu'il les regarda, ils étaient déjà à vingt pas de l'escorte. Ce qui lui sembla horrible, ce fut un cheval tout sanglant qui se débattait sur la terre labourée, en engageant ses pieds dans ses propres entrailles ; il voulait suivre les autres : le sang coulait dans la boue.

Ah ! m'y voilà donc enfin au feu ! se dit-il. J'ai vu le feu ! se répétait-il avec satisfaction. Me voici un vrai militaire. À ce moment, l'escorte allait ventre à terre, et notre héros comprit que c'étaient des boulets qui faisaient voler la terre de toutes parts. Il avait beau regarder du côté d'où venaient les boulets, il voyait la fumée blanche de la batterie à une distance énorme, et, au milieu du ronflement égal et continu produit par les coups de canon, il lui semblait entendre des décharges beaucoup plus voisines ; il n'y comprenait rien du tout.

Stendhal, *La Chartreuse de Parme*, chapitre III (1839).

1. Montrez que Fabrice est un témoin dépassé par les événements. Quel est le point de vue adopté dans cet extrait ?

2. Comment l'image de la guerre est-elle rendue ? Trouve-t-on encore des éléments épiques ?

3. Quels éléments permettent de caractériser le personnage de Fabrice ? Comment expliquer qu'il sorte indemne de cette expérience ?

2. La fin du parcours

Le groupement suivant présente l'agonie de plusieurs héros de romans célèbres du XIXe siècle. Comme on peut s'y attendre, les extraits se trouvent vers la fin des romans. Ils montrent comment la mort du personnage résume d'une certaine manière toute sa vie et en fait un héros à part entière. Néanmoins, chaque courant littéraire a trouvé de nouvelles manières de raconter ce moment suprême.

Balzac, *Le Père Goriot* (1833)

Le père Goriot est un riche commerçant, retiré dans la pension Vauquer à Paris, où il mène une vie misérable. En effet, il dépense tout son argent pour ses filles, remarquables d'ingratitude : Delphine de Nucingen et Anastasie de Restaud. Eugène de Rastignac, jeune étudiant qui habite dans la même pension, se prend d'affection pour le vieillard et le soutient au moment de sa mort.

(Je souffre horriblement, mon Dieu ! les médecins ! les médecins ! Si l'on m'ouvrait la tête, je souffrirais moins.) Mes filles, mes filles, Anastasie, Delphine ! je veux les voir. Envoyez-les chercher par la gendarmerie, de force ! la justice est pour moi, tout est pour moi, la nature, le code civil. Je proteste. La patrie périra si les pères sont foulés aux pieds. Cela est clair. La société, le monde roulent sur la paternité, tout croule si les enfants n'aiment pas leurs pères. Oh ! les voir, les entendre, n'importe ce qu'elles me diront, pourvu que j'entende leur voix, ça calmera mes douleurs, Delphine surtout. Mais dites-leur, quand elles seront là, de ne pas me regarder froidement comme elles font. Ah! mon bon ami, monsieur Eugène, vous ne savez pas ce que c'est que de trouver l'or du regard changé tout à coup en plomb gris. Depuis le jour où leurs yeux n'ont plus rayonné sur moi, j'ai toujours été en hiver ici; je n'ai plus eu que des chagrins à dévorer, et je les ai dévorés! J'ai vécu pour être humilié, insulté. Je les aime tant, que j'avalais tous les affronts par lesquels elles me vendaient une pauvre petite jouissance honteuse. Un père se cacher pour voir ses filles! Je leur ai donné ma vie, elles ne me donneront pas une heure aujourd'hui! J'ai soif, j'ai faim, le cœur me brûle, elles ne viendront pas rafraîchir mon agonie, car je meurs, je le sens. Mais elles ne savent donc pas ce que c'est que de marcher sur le cadavre de son père! Il y a un Dieu dans les cieux, il nous venge malgré nous, nous autres pères. Oh! elles viendront! Venez, mes chéries, venez encore me baiser, un dernier baiser, le viatique de votre père, qui priera Dieu pour vous, qui lui dira que vous avez été de bonnes filles, qui plaidera pour vous! Après tout, vous êtes innocentes. Elles sont innocentes, mon ami! Dites-le bien à tout le monde, qu'on ne les inquiète pas à mon sujet. Tout est de ma faute, je les ai habituées à me fouler aux pieds. J'aimais cela, moi. Ça ne regarde personne, ni la justice humaine, ni la justice divine. Dieu serait injuste s'il les condamnait à cause de moi. Je n'ai pas su me conduire, j'ai fait la bêtise d'abdiquer mes droits. Je me serais avili pour elles! Que voulez-vous! le plus beau naturel, les meilleures âmes auraient succombé à la corruption de cette facilité paternelle. Je suis un misérable, je suis justement puni. Moi seul ai causé les désordres de mes filles, je les ai gâtées. Elles veulent aujourd'hui le plaisir, comme elles voulaient autrefois du bonbon. Je leur ai toujours permis de satisfaire leurs fantaisies de jeunes filles. À quinze ans, elles avaient voiture! Rien ne leur a résisté. Moi seul suis coupable, mais coupable par amour. Leur voix m'ouvrait le cœur. Je les entends, elles viennent. Oh! oui, elles viendront. La loi veut qu'on vienne voir mourir son père, la loi est pour moi. Puis ça ne coûtera qu'une course. Je la payerai. Écrivez-leur que j'ai des millions à leur laisser! Parole d'honneur. J'irai faire des pâtes d'Italie à Odessa. Je connais la manière. Il y a, dans mon projet, des millions à gagner. Personne n'y a pensé. Ça ne se gâtera point dans le transport comme le blé ou comme la farine. Eh, eh, l'amidon ? il y aura là des millions ! Vous ne mentirez pas, dites-leur des millions et quand même elles viendraient par avarice, j'aime mieux être trompé, je les verrai. Je veux mes filles ! je les ai faites ! elles sont à moi ! dit-il en se dressant sur son séant, en montrant à Eugène une tête dont les cheveux blancs étaient épars et qui menaçait par tout ce qui pouvait exprimer la menace.

– Allons, lui dit Eugène, recouchez-vous, mon bon père Goriot, je vais leur écrire. Aussitôt que Bianchon sera de retour, j'irai si elles ne viennent pas.

– Si elles ne viennent pas ? répéta le vieillard en sanglotant. Mais je serai mort, mort dans un accès de rage, de rage ! La rage me gagne ! En ce moment, je vois ma vie entière. Je suis dupe ! elles ne m'aiment pas, elles ne m'ont jamais aimé ! cela est clair. Si elles ne sont pas venues, elles ne viendront pas. Plus elles auront tardé, moins elles se décideront à me faire cette joie. Je les connais. Elles n'ont jamais su rien deviner de mes chagrins, de mes douleurs, de mes besoins, elles ne devineront pas plus ma mort ; elles ne sont seulement pas dans le secret de ma tendresse. Oui, je le vois, pour elles, l'habitude de m'ouvrir les entrailles a ôté du prix à tout ce que je faisais. Elles auraient demandé à me crever les yeux, je leur aurais dit : « Crevez-les ! » Je suis trop bête. Elles croient que tous les pères sont comme le leur. Il faut toujours se faire valoir. Leurs enfants me vengeront. Mais c'est dans leur intérêt de venir ici. Prévenez-les donc qu'elles compromettent leur agonie. Elles commettent tous les crimes en un seul. Mais allez donc, dites-leur donc que, ne pas venir, c'est un parricide ! Elles en ont assez commis sans ajouter celui-là. Criez donc comme moi : « Hé, Nasie ! hé, Delphine ! venez à votre père qui a été si bon pour vous et qui souffre ! » Rien, personne. Mourrai-je donc comme un chien ? Voilà ma récompense, l'abandon. Ce sont des infâmes, des scélérates ; je les abomine, je les maudis ; je me relèverai, la nuit, de mon cercueil pour les remaudire, car, enfin, mes amis, ai-je tort ? elles se conduisent bien mal ! hein ? Qu'est-ce que je dis ? Ne m'avez-vous pas averti que Delphine est là ? C'est la meilleure des deux. Vous êtes mon fils, Eugène, vous ! aimez-la, soyez un père pour elle. L'autre est bien malheureuse. Et leurs fortunes !

Ah, mon Dieu ! J'expire, je souffre un peu trop ! Coupez-moi la tête, laissez-moi seulement le cœur.

Honoré de Balzac, Le Père Goriot (1833).

1. Comment se manifeste le délire de l'agonie ?
2. En quoi le père Goriot apparaît-il ici comme un père martyr ?
3. Quels sont les éléments pathétiques de ce passage ?

Victor Hugo, *Les Misérables* (1862)

Nous sommes ici dans les toutes dernières pages des *Misérables*. Jean Valjean, abandonné de tous, retrouve finalement sa fille adoptive, Cosette, et son mari Marius. Il leur parle une dernière fois avant de mourir.

C'est fini. Mes enfants, ne pleurez pas, je ne vais pas très loin, je vous verrai de là. Vous n'aurez qu'à regarder quand il fera nuit, vous me verrez sourire. Cosette, te rappelles-tu Montfermeil ? Tu étais dans le bois, tu avais bien peur ; te rappelles-tu quand j'ai pris l'anse du seau d'eau ? C'est la première fois que j'ai touché ta pauvre petite main. Elle était si froide ! Ah ! vous aviez les mains rouges dans ce temps-là, mademoiselle, vous les avez bien blanches maintenant. Et la grande poupée ! te rappelles-tu ? Tu la nommais Catherine. Tu regrettais de ne pas l'avoir emmenée au couvent ! Comme tu m'as fait rire des fois, mon doux ange ! Quand il avait plu, tu embarquais sur les ruisseaux des brins de paille, et tu les regardais aller. Un jour, je t'ai donné une raquette en osier, et un volant avec des plumes jaunes, bleues, vertes. Tu l'as oublié, toi. Tu étais si espiègle toute petite ! Tu jouais. Tu te mettais des cerises aux oreilles. Ce sont là des choses du passé. Les forêts où l'on a passé avec son enfant, les arbres où l'on s'est promené, les couvents où l'on s'est caché, les jeux, les bons rires de l'enfance, c'est de l'ombre. Je m'étais imaginé que tout cela m'appartenait. Voilà où était ma bêtise. Ces Thénardier ont été méchants. Il faut leur pardonner. Cosette, voici le moment venu de te dire le nom de ta mère. Elle s'appelait Fantine. Retiens ce nom-là :

Fantine. Mets-toi à genoux toutes les fois que tu le prononceras. Elle a bien souffert. Elle t'a bien aimée. Elle a eu en malheur tout ce que tu as en bonheur. Ce sont les partages de Dieu. Il est là-haut, il nous voit tous, et il sait ce qu'il fait au milieu de ses grandes étoiles. Je vais donc m'en aller, mes enfants. Aimez-vous bien toujours. Il n'y a guère autre chose que cela dans le monde : s'aimer. Vous penserez quelquefois au pauvre vieux qui est mort ici. Ô ma Cosette, ce n'est pas ma faute, va, si je ne t'ai pas vue tous ces temps-ci, cela me fendait le cœur ; j'allais jusqu'au coin de la rue, je devais faire un drôle d'effet aux gens qui me voyaient passer, j'étais comme fou, une fois je suis sorti sans chapeau. Mes enfants, voici que je ne vois plus très clair, j'avais encore des choses à dire, mais c'est égal. Pensez un peu à moi. Vous êtes des êtres bénis. Je ne sais pas ce que j'ai, je vois de la lumière. Approchez encore. Je meurs heureux. Donnez-moi vos chères têtes bien-aimées, que je mette mes mains dessus.

Cosette et Marius tombèrent à genoux, éperdus, étouffés de larmes, chacun sur une des mains de Jean Valjean. Ces mains augustes ne remuaient plus.

Il était renversé en arrière, la lueur des deux chandeliers l'éclairait ; sa face blanche regardait le ciel, il laissait Cosette et Marius couvrir ses mains de baisers ; il était mort.

La nuit était sans étoiles et profondément obscure. Sans doute, dans l'ombre, quelque ange immense était debout, les ailes déployées, attendant l'âme.

VI
L'HERBE CACHE ET LA PLUIE EFFACE

Il y a, au cimetière du Père-Lachaise, aux environs de la fosse commune, loin du quartier élégant de cette ville des sépulcres, loin de tous ces tombeaux de fantaisie qui étalent en présence de l'éternité les hideuses modes de la mort, dans un angle désert, le long d'un vieux mur, sous un grand if auquel grimpent les liserons, parmi les chiendents et les mousses, une pierre. Cette pierre n'est pas plus exempte que les autres des lèpres du temps, de la moisissure, du lichen, et des fientes d'oiseaux. L'eau la verdit, l'air la noircit. Elle n'est voisine d'aucun sentier, et l'on n'aime pas aller de ce côté-là, parce que l'herbe est haute et qu'on a tout de suite les pieds mouillés. Quand il y a un peu de soleil, les lézards y viennent. Il y a, tout autour, un frémissement de folles avoines. Au printemps, les fauvettes chantent dans l'arbre.

Cette pierre est toute nue. On n'a songé en la taillant qu'au nécessaire de la tombe, et l'on n'a pris d'autre soin que de faire cette pierre assez longue et assez étroite pour couvrir un homme.

On n'y lit aucun nom.

Seulement, voilà de cela bien des années déjà, une main y a écrit au crayon ces quatre vers qui sont devenus peu à peu illisibles sous la pluie et la poussière, et qui probablement sont aujourd'hui effacés :

«Il dort. Quoique le sort fût pour lui bien étrange,
Il vivait. Il mourut quand il n'eut plus son ange ;
La chose simplement d'elle-même arriva,
Comme la nuit se fait lorsque le jour s'en va.»

Victor Hugo, Les Misérables, 5e partie,
Livre IX, chapitres V et VI (1862).

1. Quels éléments religieux trouve-t-on dans ce passage ?

2. En quoi ce texte s'oppose-t-il au précédent extrait ?

3. Quels éléments communs, propres au romantisme, pouvez-vous dégager pourtant entre ces deux textes ?

Flaubert, *Madame Bovary* (1857)

Exaltée par les romans qu'elle a lus dans sa jeunesse, madame Bovary a pris des amants et s'est endettée pour eux. Alors qu'elle vient d'apprendre qu'elle est ruinée, elle décide de se suicider et avale de l'arsenic. Son mari, Charles, comprend ce qui s'est passé et, quoique médecin, ne sait comment sauver sa femme. Il demande l'aide du pharmacien Homais.

Éperdu, balbutiant, près de tomber, Charles tournait dans la chambre. Il se heurtait aux meubles, s'arrachait les cheveux, et jamais le pharmacien n'avait cru qu'il pût y avoir de si épouvantable spectacle.

Il revint chez lui pour écrire à M. Canivet et au docteur Larivière. Il perdait la tête; il fit plus de quinze brouillons. Hippolyte partit à Neufchâtel, et Justin talonna si fort le cheval de Bovary, qu'il le laissa dans la côte du Bois-Guillaume, fourbu et aux trois quarts crevé.

Charles voulut feuilleter son dictionnaire de médecine; il n'y voyait pas, les lignes dansaient.

– Du calme! dit l'apothicaire. Il s'agit seulement d'administrer quelque puissant antidote. Quel est le poison?

Charles montra la lettre. C'était de l'arsenic.

– Eh bien! reprit Homais, il faudrait en faire l'analyse.

Car il savait qu'il faut, dans tous les empoisonnements, faire une analyse; et l'autre, qui ne comprenait pas, répondit :

– Ah! faites! faites! sauvez-la…

Puis, revenu près d'elle, il s'affaissa par terre sur le tapis, et il restait la tête appuyée contre le bord de sa couche à sangloter.

– Ne pleure pas! lui dit-elle. Bientôt je ne te tourmenterai plus!

– Pourquoi? Qui t'a forcée?

Elle répliqua :

– Il le fallait, mon ami.

– N'étais-tu pas heureuse? Est-ce ma faute? J'ai fait tout ce que j'ai pu, pourtant!

– Oui…, c'est vrai…, tu es bon, toi!

Et elle lui passait la main dans les cheveux, lentement. La douceur de cette sensation surchargeait sa tristesse; il sentait tout son être s'écrouler de désespoir à l'idée qu'il fallait la perdre, quand, au contraire, elle avouait pour lui plus d'amour que jamais; et il ne trouvait rien; il ne savait pas, il n'osait, l'urgence d'une résolution immédiate achevant de le bouleverser.

Elle en avait fini, songeait-elle, avec toutes les trahisons, les bassesses et les innombrables convoitises qui la torturaient. Elle ne haïssait personne, maintenant; une confusion de crépuscule s'abattait en sa pensée, et de tous les bruits de la terre Emma n'entendait plus que l'intermittente lamentation de ce pauvre cœur, douce et indistincte, comme le dernier écho d'une symphonie qui s'éloigne.

– Amenez-moi la petite, dit-elle en se soulevant du coude.

– Tu n'es pas plus mal, n'est-ce pas ? demanda Charles.

– Non ! non !

L'enfant arriva sur le bras de sa bonne, dans sa longue chemise de nuit, d'où sortaient ses pieds nus, sérieuse et presque rêvant encore. Elle considérait avec étonnement la chambre tout en désordre, et clignait des yeux, éblouie par les flambeaux qui brûlaient sur les meubles. Ils lui rappelaient sans doute les matins du jour de l'an ou de la mi-carême, quand, ainsi réveillée de bonne heure à la clarté des bougies, elle venait dans le lit de sa mère pour y recevoir ses étrennes, car elle se mit à dire :

– Où est-ce donc, maman ?

Et, comme tout le monde se taisait :

– Mais je ne vois pas mon petit soulier.

Félicité la penchait vers le lit, tandis qu'elle regardait toujours du côté de la cheminée.

– Est-ce nourrice qui l'aurait pris ? demanda-t-elle.

Et, à ce nom, qui la reportait dans le souvenir de ses adultères et de ses calamités, madame Bovary détourna sa tête, comme au dégoût d'un autre poison plus fort qui lui remontait à la bouche. Berthe, cependant, restait posée sur le lit.

– Oh ! comme tu as de grands yeux, maman ! comme tu es pâle ! comme tu sues !…

Sa mère la regardait.

– J'ai peur ! dit la petite en se reculant.

Emma prit sa main pour la baiser ; elle se débattait.

– Assez ! qu'on l'emmène ! s'écria Charles, qui sanglotait dans l'alcôve.

Puis les symptômes s'arrêtèrent un moment ; elle paraissait moins agitée ; et, à chaque parole insignifiante, à chaque souffle de sa poitrine un peu plus calme, il reprenait espoir. Enfin, lorsque Canivet entra, il se jeta dans ses bras en pleurant.

– Ah ! c'est vous ! merci ! vous êtes bon ! Mais tout va mieux. Tenez, regardez-la…

Le confrère ne fut nullement de cette opinion, et, n'y allant pas, comme il le disait lui-même, *par quatre chemins*, il prescrivit de l'émétique, afin de dégager complètement l'estomac.

Elle ne tarda pas à vomir du sang. Ses lèvres se serrèrent davantage. Elle avait les membres crispés, le corps couvert de taches brunes, et son pouls glissait sous les doigts comme un fil tendu, comme une corde de harpe près de se rompre.

Puis elle se mettait à crier, horriblement. Elle maudissait le poison, l'invectivait, le suppliait de se hâter, et repoussait de ses bras raidis tout ce que Charles, plus agonisant qu'elle, s'efforçait de lui faire boire. Il était debout, son mouchoir sur les lèvres, râlant, pleurant, suffoqué par des sanglots qui le secouaient jusqu'aux talons ; Félicité courait çà et là dans la chambre ; Homais, immobile, poussait de gros soupirs, et M. Canivet, gardant toujours son aplomb, commençait néanmoins à se sentir troublé.

– Diable !… cependant… elle est purgée, et, du moment que la cause cesse…

– L'effet doit cesser, dit Homais ; c'est évident.

– Mais sauvez-la ! s'exclamait Bovary.

Aussi, sans écouter le pharmacien qui hasardait encore cette hypothèse : «C'est peut-être un paroxysme salutaire», Canivet allait administrer de la thériaque, lorsqu'on entendit le claquement d'un fouet ; toutes les vitres frémirent, et une berline de poste, qu'enlevaient à plein poitrail trois chevaux crottés jusqu'aux oreilles, débusqua d'un bond au coin des halles. C'était le docteur Larivière.

L'apparition d'un dieu n'eût pas causé plus d'émoi.

Flaubert, *Madame Bovary*, 3e partie, chapitre VIII (1857).

1. Flaubert était fils de médecin. Quels éléments réalistes pouvez-vous relever dans la description de l'agonie ?

2. Quelle image est donnée ici de la médecine ? En quoi prend-elle la place de la religion ?

3. Comment ce passage s'oppose-t-il à la mort romantique telle qu'elle est décrite dans les deux extraits précédents ?

Gervaise : Émile Zola, *L'Assomoir* (1879)

Héroïne de *L'Assommoir*, Gervaise a réussi à avoir sa propre blanchisserie. Mais son mari, suite à un accident, sombre dans la boisson et le ménage s'endette, tombant dans la pire déchéance. Le mari de Gervaise finit par mourir des conséquences de son alcoolisme, après une affreuse agonie. Gervaise se retrouve à la rue. Nous sommes à la dernière page du roman.

Depuis ce jour, comme Gervaise perdait la tête souvent, une des curiosités de la maison était de lui voir faire Coupeau. On n'avait plus besoin de la prier, elle donnait le tableau gratis, tremblant des pieds et des mains, lâchant de petits cris involontaires. Sans doute elle avait pris ce tic-là à Sainte-Anne, en regardant trop longtemps son homme. Mais elle n'était pas chanceuse, elle n'en crevait pas comme lui. Ça se bornait à des grimaces de singe échappé, qui lui faisaient jeter des trognons de choux par les gamins, dans les rues.

Gervaise dura ainsi pendant des mois. Elle dégringolait plus bas encore, acceptait les dernières avanies, mourait un peu de faim tous les jours. Dès qu'elle possédait quatre sous, elle buvait et battait les murs. On la chargeait des sales commissions du quartier. Un soir, on avait parié qu'elle ne mangerait pas quelque chose de dégoûtant ; et elle l'avait mangé, pour gagner dix sous. Monsieur Marescot s'était décidé à l'expulser de la chambre du sixième. Mais, comme on venait de trouver le père Bru mort dans son trou, sous l'escalier, le propriétaire avait bien voulu lui laisser cette niche. Maintenant, elle habitait la niche du père Bru. C'était là-dedans, sur de la vieille paille, qu'elle claquait du bec, le ventre vide et les os glacés. La terre ne voulait pas d'elle, apparemment. Elle devenait idiote, elle ne songeait seulement pas à se jeter du sixième sur le pavé de la cour, pour en finir. La mort devait la prendre petit à petit, morceau par morceau, en la traînant ainsi jusqu'au bout dans la sacrée existence qu'elle s'était faite. Même on ne sut jamais au juste de quoi elle était morte. On parla d'un froid et chaud. Mais la vérité était qu'elle s'en allait de misère, des ordures et des fatigues de sa vie gâtée. Elle creva d'avachissement, selon le mot des Lorilleux. Un matin, comme ça sentait mauvais dans le corridor, on se rappela qu'on ne l'avait pas vue depuis deux jours ; et on la découvrit déjà verte, dans sa niche.

Justement, ce fut le père Bazouge qui vint, avec la caisse des pauvres sous le bras, pour l'emballer. Il était encore joliment soûl, ce jour-là, mais bon zig tout de même, et gai comme un pinson.

Quand il eut reconnu la pratique à laquelle il avait affaire, il lâcha des réflexions philosophiques, en préparant son petit ménage.

– Tout le monde y passe… On n'a pas besoin de se bousculer, il y a de la place pour tout le monde… Et c'est bête d'être pressé, parce qu'on arrive moins vite… Moi, je ne demande pas mieux que de faire plaisir. Les uns veulent, les autres ne veulent pas. Arrangez un peu ça, pour voir… En v'là une qui ne voulait pas, puis elle a voulu. Alors, on l'a fait attendre… Enfin, ça y est, et, vrai ! elle l'a gagné ! Allons-y gaiement !

Et, lorsqu'il empoigna Gervaise dans ses grosses mains noires, il fut pris d'une tendresse, il souleva doucement cette femme qui avait eu un si long béguin pour lui. Puis, en l'allongeant au fond de la bière avec un soin paternel, il bégaya, entre deux hoquets :

– Tu sais… écoute bien… c'est moi, Bibi-la-Gaieté, dit le consolateur des dames… Va, t'es heureuse. Fais dodo, ma belle ! »

Émile Zola, L'Assommoir, chapitre XIII (1879).

1. Comment Zola suggère-t-il la transformation de Gervaise en animal ?

2. À quel(s) registre(s) appartient ce passage ?

3. Comment la description naturaliste de la mort de Gervaise tente-t-elle de dépasser la description réaliste ?

Activités d'écriture

Sujets d'invention

1. Changement de point de vue

Vous avez pu remarquer que, dans chaque partie de « Comment on meurt », deux figures sont toujours présentes : le prêtre et le médecin (sauf dans la partie V où le médecin est absent). Choisissez une de ces deux figures, une partie du texte, et racontez l'histoire selon son point de vue, à la première personne.

2. Écrire une suite

Imaginez la suite de l'extrait n° 1 de *Pot-Bouille* en racontant la vie de l'enfant d'Adèle à travers quatre étapes : rencontre amoureuse, mariage, expérience de la guerre, mort.

3. Adaptation

Racontez l'enterrement représenté par Courbet dans *Un enterrement à Ornans*. (Ce travail doit intervenir après l'analyse du tableau.)

Commentaire composé

Vous ferez le commentaire composé de l'extrait de « Comment on se marie » de Zola (p. 105 à 108).

Dissertation

Selon Zola, le roman doit être « impersonnel » : « Le romancier, écrit-il dans *Le Naturalisme au théâtre*, n'est plus qu'un greffier qui se défend de juger et de conclure. » Vous discuterez cette affirmation de Zola en vous appuyant sur les textes du *corpus* et sur votre culture personnelle.

Histoire des arts

Cette section s'appuie sur les images du cahier photos.

Écrivains sur leur lit de mort et naissance de la photographie

Le XIXᵉ siècle voit l'apparition d'un nouvel art : la photographie. Cette dernière va changer la manière de considérer et de représenter le réel. On peut d'ailleurs penser que l'abandon de la peinture figurative est l'une des conséquences de l'essor de la photographie.

Zola lui-même a réalisé de très nombreuses photos dont on reconnaît aujourd'hui la qualité : il avait même fait construire un atelier de tirage dans sa maison de Médan. Il ne s'en servait pas pour ses romans mais pour faire des albums de ses proches, en particulier ses enfants[1]. D'ailleurs, aucun écrit de Zola ne se penche sur le rapport entre photographie et esthétique naturaliste. Peut-être voyait-il une concurrence directe entre l'œil du photographe et celui de l'écrivain. Pour lui, en tout cas, selon les mots de Michel Tournier, « la photographie répond à une fonction de célébration[2] » et non d'enquête.

Or, la célébration d'un grand écrivain passe aussi par la représentation de son lit de mort. Plusieurs photographies ont ainsi été réalisées, montrant le lien entre photographie, mort et écriture. Ces photos ont été prises à une époque où la mort est en passe de devenir taboue en Occident[3] : le décès survient à l'hôpital plutôt qu'à la maison ; les manifestations du deuil sont limitées ; le cadavre est caché, notamment à travers le développement de l'incinération.

---

1. Vers la fin de sa vie, Zola avait constitué un album intitulé « Denise et Jacques. Histoire vraie par Émile Zola ».

2. Michel Tournier, « Émile Zola photographe », in *Le Vol du vampire. Notes de lecture*, Mercure de France, 1978.

3. Voir Philippe Ariès, *Essai sur l'histoire de la mort en Occident, du Moyen Âge à nos jours*, Le Seuil, 1977.

Ainsi, ces portraits de grands écrivains sur leur lit de mort appartiennent à un passé révolu, à un moment particulier de l'histoire des arts, où la mort est peu à peu refoulée et où la photographie remplace la peinture pour représenter les proches.

Observez les photographies des écrivains Victor Hugo et Émile Zola sur leur lit de mort (voir cahier photos) et répondez aux questions suivantes :

1. Pour chacun de ces trois portraits, repérez les choix des photographes (cadrage, positionnement de l'appareil, jeu sur les contrastes, arrière-plan...). Quelle impression ressort de ces trois photographies ?

2. Prolongez ce travail en cherchant des représentations de ces auteurs de leur vivant, notamment dans leur jeunesse. Quelles différences constatez-vous ?

3. Qu'éprouvez-vous face à ces photographies ? Comment expliquez-vous cette réaction ?

La mort d'un enfant

Reportez-vous aux deux tableaux représentant la mort d'un enfant (voir cahier photos) :

1. Que s'est-il passé la nuit du 4 août 1852 ?

2. Quel écrivain a composé un poème portant le même titre que ces tableaux ? Qui est à l'origine de cette inspiration ?

3. Comment les peintres soulignent-ils le pathétique de cette scène ?

4. De quelle partie de « Comment on meurt » peut-on rapprocher ces tableaux ? Les œuvres dénoncent-elles toutes la même chose ?

Le réalisme en peinture : *Un enterrement à Ornans*

Pour répondre aux questions, appuyez-vous sur la reproduction du tableau de Gustave Courbet (image au verso de la couverture) :

1. Quel rapport le peintre entretient-il avec la ville d'Ornans ?

2. Observez la taille du tableau. Pour quels sujets utilise-t-on plutôt ce type de format ?

3. Quels sont les trois groupes que l'on peut distinguer ici ?

4. Comment les couleurs sont-elles réparties ?

5. De quelle partie de « Comment on meurt » peut-on rapprocher ce tableau ? Quelles sont les limites de ce rapprochement ?

Pour aller plus loin

Nouvelles de Zola
« Comment on se marie »
« Portraits de prêtres »
« Les quatre journées de Jean Gourdon »
« La mort d'Olivier Bécaille »

Romans de Zola
Son Excellence Eugène Rougon
Pot-Bouille
Au Bonheur des dames
L'Assommoir
La Terre

Textes critiques

Émile Zola, Contes et Nouvelles, éd. Roger Ripoll, Gallimard, coll. « Bibliothèque de la Pléiade », 1976.

Colette Becker, Gina Gourdin-Servenière et Véronique Lavielle, *Dictionnaire d'Émile Zola*, Robert Laffont, 1993.

Gilles Deleuze, *Logique du sens*, Les Éditions de Minuit, 1969.

Création maquette intérieure :
Sarbacane Design.

Composition : In Folio.

Dépôt légal : mars 2011
Numéro d'édition : L.01EHRN000268.N001
Imprimé en Espagne par Novoprint (Barcelone)